天空の地獄

重田武彦

文芸社

天空の地獄○目次

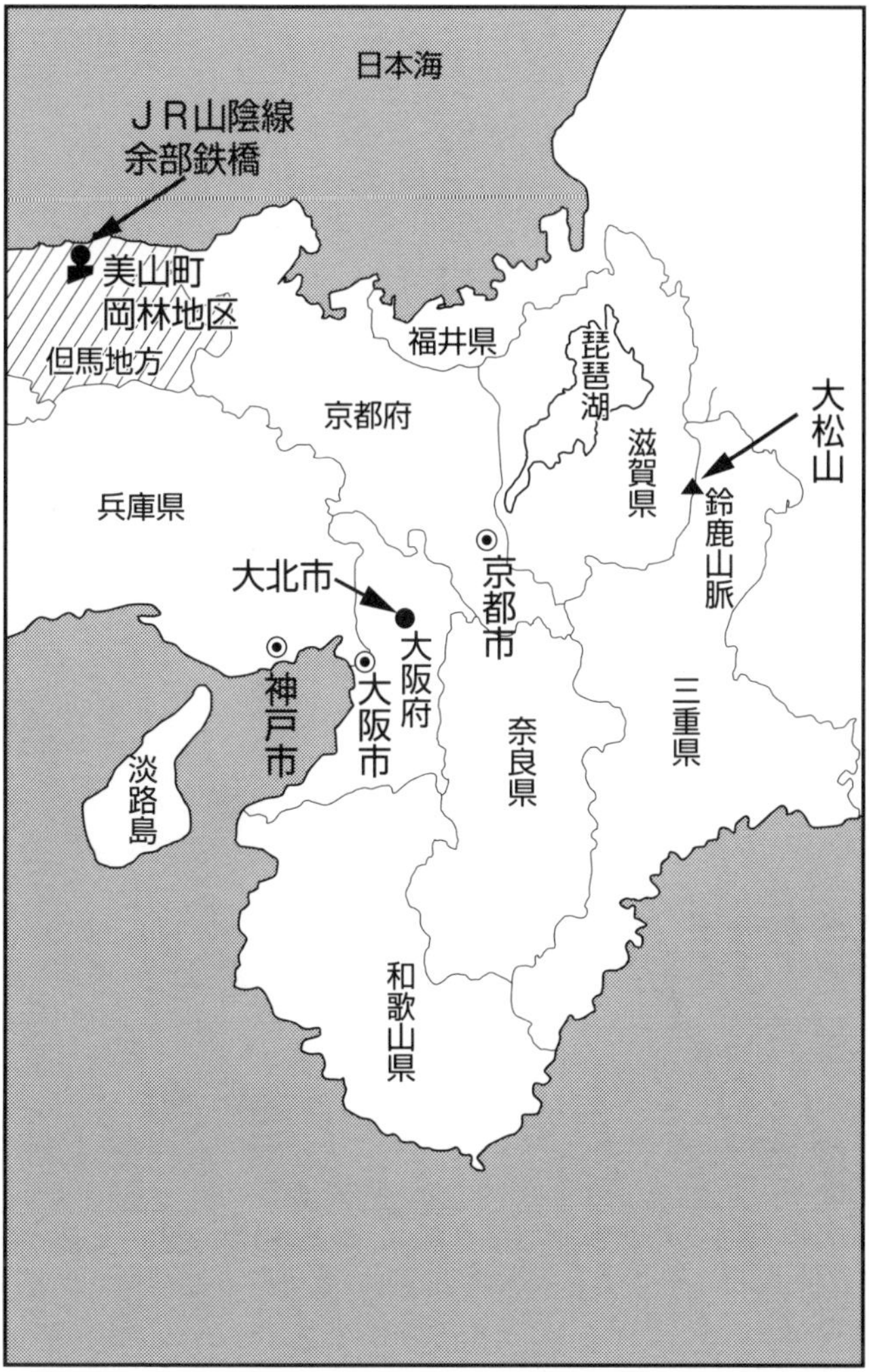
日本海
ＪＲ山陰線
余部鉄橋
美山町
岡林地区
但馬地方
福井県
琵琶湖
京都府
大松山
滋賀県
鈴鹿山脈
兵庫県
大北市
京都市
神戸市
大阪市
大阪府
奈良県
三重県
淡路島
和歌山県

天空の地獄

一、鬼神の出現

夏が近づき、青葉の緑が目にしみるような平成一一年五月の朝、川本治は目を覚ました。枕元の置き時計に目をやると八時三〇分。慌てて起き上がり顔を洗って仏間に入った。

二年前に不帰の人となった妻、和子の位牌に手を合わせてから、そそくさと朝食を済ませ、愛犬の秋田犬牡四歳のジョンと日産ブルーバードに乗り込んだ。山菜を採りに大松山へ向かう。

川本は昨年まで県立高校の校長を務めていた。定年退職した後、健康を害したわけではないが、長年積もった疲労もあり、三〇年間苦楽を共にしてきた愛妻に先立たれて気力が体力以上に失われていた。人格者で人望の厚い人柄ということもあって、県教育委員会等より「県立体育館の館長にぜひ」と請われたが、一人暮らしのため愛犬を放り出すこともできず、第三者から見れば晴耕雨読の結構な暮らしをしている。

彼にとっては今日は実に楽しい日である。高知市に嫁いでいる一人娘の洋子が婿と孫達を連れて、一家四人で久し振りに一晩泊まりでやってくる。手早く山菜を採り終えたら、みんなの大好物である近江牛をはじめ、野菜やお菓子、手土産などを買いにいこうと段取りを考えながら、ハンドルを握り続けていた。向かうのは二〇キロほど離れた彦根市。洋子が持参してくる大きな初鰹が目に浮かび、自然に心が浮き立ってくる。

大松山の麓から流れ出る沢がダム湖に入っており、その上に朱塗りの橋が架かっている。彼が走行している道は国道なのだが、それは名ばかりで道幅が狭く、大松峠では二トン以上の車は通行不可となっている。この付近は鈴鹿山地に位置しており、海抜七〇〇～八〇〇メートルの高地で松や杉、楢や櫟の雑木の新緑が美しい。橋の下を流れる沢はダム湖の水で、周囲の緑を色濃く水面にたたえていた。付近には人家はなく周囲の山々には藤の花が薄紫の房をいくつも垂らしている。まして今日は大松山の頂上に白い雲が一片浮かんでいる以外、抜けるような青空である。

川本はその橋を渡ってから、対向車が十分通行可能な余地を残して駐車した。ジョンと一緒に目的の山に分け入ろうと道を横断したとき、大きな車のエンジン音がして目の前に一台の白いベンツが止まった。運転しているのは四〇歳前後の長身のハンサムな男、しかしどことはなしに凶悪な影を感じさせる。その横には、目にも鮮やかな純白のスーツを着た三〇歳ぐらいの美人が乗っている。男は車を降りて鋭い目つきで川本に近寄ってきた。先ほど大松峠《おおまつとおげ》を越えたところでベンツを大きな岩に引っ掛け、バンパーを少し傷つけていた。自分の不注意によるものであるが非常に不機嫌であった。

「おい、おっさん！　こんな場所に車を止める奴があるかい。邪魔さらすな、早うどけたらんかい！」

　川本は柄の悪い口の利き方に腹が立って、今までの楽しい気分が失せてしまった。

「あんたの車は十分に通行できるでしょう」

　ベンツの男は川本が素直に車を移動すると思っていたので、予期せぬ口答えにますます怒りをあらわにした。

「阿呆ぬかせ、わいが通れへん言うたら通れへんのじゃ、グチグチ抜かしたらいってまうぞ！　山に穴掘って埋めたろか」

川本は〝理不尽な男や〟と思った。合気道の心得もあるが、人と争うことを好まないので、黙って車を移動しようとした。その時、ジョンが主人の危機と思ったのか、男に向かって激しく吠えたてた。男は犬に馬鹿にされた気分になり、「こんな馬鹿犬、ヤッパでいてもたる」と言うが早いか、車内に隠し持っていた短刀を取り出し、犬を刺し殺そうとした。

すると、今の今まで晴れ渡っていた大空にムクムクと大きな黒い雲が湧き上がり、それが川本達の方へもの凄い速さで近づいてきた。と同時に、風がなく静かだった木の葉がザワザワと動き始め、大きな枝までゴーゴーと鳴り出して、付近一帯が黒雲に覆われ雷鳴と共に雷光も走り出した。

目の前が急に暗くなり、川本はもちろん、大きな猪とも互角に戦った気の強いジョンが尻尾を下げ、涎を垂らしてこの怪異な現象に恐怖で身を震わせている。

川本が勇気を出して目を開けると、雷光の明かりの中に二つの物体が見えた。一つは身長が四メートル近く、体重は三〇〇キロくらいの大きさの生き物のようだ。真っ赤な身体に金色の体毛が所々に生えていて、頭には二本の大きな角があり、目の色は金色、口は大きく耳まで裂けている。もう一つはこれより少し小さい、全く同じ形をした真っ白な物体であった。

　川本は空手の有段者でもあったので、さらに勇気を出して二つの物体の動きに目を凝らした。あの粗暴な男と美人が道の真ん中に倒れている。男の腹部は真っ赤な化け物の太い鉄棒のような左手で押さえ込まれ、ナイフのような鋭い爪が五本、腹を切り裂いているように見えた。さらに美人の純白のスーツは血潮で真紅なバラの花のように染まっている。あまりにも凄惨な光景を目にして、気丈な川本も失神しかけたとき、赤と白の大きな物体が彼の方へ顔を向けた。

　それは地獄絵図に出てくる鬼そのものであった。白鬼の右手には細長いゴムホース状の物があった。女性の腹部から取り出した小腸である。赤鬼の右手には、人間の掌より少し大きめの暗い赤褐色の肉片、おそらく倒された男の肝臓であろう。それをかざしながら、金色に光る両眼で川本を見据えて話し出した。

「汝は人望厚い誠実な人柄ゆえ、取って食うつもりはない。犬と共にこの場を立ち去るべし」

　そう言われても、川本は腰が抜けて身体の自由が全くきかなかった。なんとか愛犬が二匹の鬼の方へ行かないように押さえるのに必死だった。一方ジョンはあまりの恐ろしさから、吠えることも忘れて川本にピッタリ寄り添っていた。しばらくして川本は意識を失った。

どのくらいの時間、失神していたかわからないが、川本は七、八人の男達に起こされた。

彼らは滋賀県警湖東署の刑事や巡査達で二匹の警察犬を連れていた。管内のコンビニに二人組の強盗が押し込み、店員二名に重軽傷を負わせて売上金一六万円あまりを強奪する事件が発生。国道を三重県方面へ逃走したと思われる犯人達を追って大松峠付近まで来たところ、左側の前と後ろの二つ共に脱輪してしまって走行不能の車両を発見した。

この付近は国道とはいっても通行する車は一時間に二、三台、まして夜間や早朝には全く通行車両がないのが常で、犯人達は通行中の車を止め、それを奪って逃走しようと企てたが、それがかなわず、大松山から大岩岳を越えて三重県側へ逃走した。ところが途中で主犯格の三五歳の男が滑って転び、足を痛めて歩行が困難となり、大きなブナの木の下で休息していたところを警察犬に吠え立てられ、刑事達に取り押さえられたのである。

コンビニ強盗の容疑者二名を大松峠付近に止めてあるパトカーに乗せようと連行している途中で天候が急変。雷鳴が轟き雷光が走り、視界が急に悪くなった。しばらく立ち止まっていると、今までの悪天候が嘘のように回復してきた。犯人達を乗せたパトカーは湖東署に向かった。

天気はすでに元の五月晴れに回復しており、視界は良好。そして途中、前方に止まっている二台の車と、道に倒れている三人と犬が一匹いるのが目に入った。パトカーを止めて刑事達は倒れている三名に近づいた。とその時、彼らの目に異様な光景が飛び込んできた。

リーダーである山口警部補が真っ先に三名の生死を調べたところ、女性と派手な服装の男はすでに死んでおり、六〇歳前後の作業服の男は失神しているだけだった。

男女二名の死体の異様さに山口刑事をはじめ全員が言葉を失った。両遺体共々に腹部の臓器が完全に消失しており、鑑識の結果を待たなければ正確な死亡推定時刻は判明しないが、死後二時間以内と思われる。

山口刑事は何回も殺しの現場を踏んできたが、この場で殺害されたと思われ、まだ温もりのある死体にもかかわらず、血液がほとんど男女の体内に残留しておらず、多量の流血の跡もないという、まるで大型の肉食動物に血を全て舐め尽くされたようなホトケに出会ったのは初めてだった。先ほど天候が急変した時に少し雨が降っていたが、三名の倒れていた場所だけ濡れていなかった。おそらく日本国内の刑事の中でこんな猟奇事件に遭遇した者はいないのではないかと思われた。

さて、彼らは検死を続けながら、路傍で気を失っている男と尻尾を下げ舌を出してブルブルと体を震わせている秋田犬に目をやった。静かに川本を揺り起こすと、川本の意識が戻り、開口一番叫んだ。

「赤い鬼と白い鬼が人間を食っている。お願いだ、助けてくれ!」

刑事はびっくりした。

「おじさん。冷静になってくださいよ。大江山や安達ヶ原ではあるまいし、鬼や妖怪がこの平成の世におるわけないわな。でも、あんた、人が殺されるの見ただろう。時間とって悪いが署まで同行してくださいよ」

二名の刑事を現場に残し、強盗犯人二名と川本、犬三匹を乗せてパトカーは湖東署に向かった。

川本は同署で少し休息した後、昼食に親子丼を出されたが全く食欲がわかなかった。

しかし次第に冷静になり、山口刑事に勇気づけられ、ゆっくり話し出した。

彼はこの目で見た恐ろしい異様な出来事を淡々と話した。聞き取りしている山口刑事と他の一名は、この摩訶不思議な事件をどう判断して良いのか理解に苦しんだ。川本の了承を得て彼自身の体や着衣に血液が付着していないか、ルミノールの検査をしてみたが、反応は全く表れなかった。また彼の愛犬ジョンも六時間以内に動物の生肉を食していないか、性格は温厚か否かという点を警察犬の指導者や獣医が徹底的に調べた。その結果、朝九時頃にドッグフードしか食していないこと、この犬は大型犬だが非常に賢く温和な性格で過去に一度も人に噛みついたことがなく、川本自身も教育者として申し分のない温厚な人物であることが判明した。

コンビニ強盗が男女を殺害した犯人であると考えると、犯人像としては申し分ないが、確固たるアリバイがあった。男女の死亡推定時刻の三時間前にすでに逮捕されていたのだ。さらに鑑識の結果、ホトケは男女共に死後一、二時間で、身元も運転免許証により判明、生前の職業や素行もわかった。

男は大阪市××区中山町五―五、ゴールデンハイツ七〇五号、A男三八歳。職業は経営コンサルタントで、傷害前科四犯、性格は非常に粗暴で短気で身勝手。三年前まで極道の世界に籍を置いていた。

彼の所属していた阪神桜花連合会は他の団体から一目置かれており、組員に対して行儀作法や躾を厳しくして組織防衛に努めていた。男を売り出すのが極道とはいっても、腕力と度胸だけでその業界で大成することは不可能で、人望がなければ出世できない。A男の性格は他の組員から嫌われ、その組織から絶縁されていた。

女は大阪市のミナミの盛り場にあるクラブのホステスで、B子二九歳、A男の内縁の妻で、住所はA男と同じ。

二人の所持金はA男五〇万円あまり、B子三〇万円あまり。その他カード類を所持し、男女共に服装や装身具はシャネル、エルメス等の高級ブランドで固めていた。

多額の現金やロレックスとオメガの腕時計がそのまま放置されており、第一、メルセデスの新車も現場に置かれていることを考えると、殺人の動機は盗み目的とは思えなかった。残るは怨恨、痴情関係のもつれが原因ということになるが、その場合の殺害手口は残酷なものになることが多い。しかし、本件の場合は残酷というより猟奇的である
男女二名の被害者の五臓六腑の大部分が損失し、大量の血液が流失ではなく喪失し

ており、ライオンや虎のような肉食獣に食い尽くされたようになっている。もし第三者の手で持ち去られたのであれば、日本犯罪史上例を見ないのではないか。山口刑事は考えれば考える程わからなくなってきた。

唯一の目撃者である川本は、はじめこそ気も動転していたが、次第に落ち着いてきて、黒い妖雲や二匹の鬼の色、大きさ、姿や目の色、その他目にしたことを具体的に話し始めた。彼の職歴や人格から考えてとても作り話とは思えない。一番理解に苦しむのは「鬼神の会食」と書かれた和紙に恐ろしげな鬼が二匹描かれており、それが遺体のそばに置かれていたことである。

山口刑事は川本に頼んで、彼が見た鬼の絵と「鬼神の会食」という文字を書いてもらった。恐ろしさが甦ったのか、川本は震えながらも、なんとかそれを書いた。

現場にあった和紙と川本が書いたものを見比べると、文字はどれも達筆であるが筆跡の違いは一目瞭然。現場にあった絵は迫力にあふれているが、川本の絵は小学生並みである。遺留品は彼が書いた文言や絵ではないことが明白だった。

さらに川本の言葉にあるように、鬼が人肉を食している時間帯は、山口刑事達も晴れ渡った青空が急に黒雲に覆われ、雷鳴響き、雷光が走り、強風が吹き荒れる中に立っていた。本当に大江山の酒呑童子や日本昔ばなしに登場するような鬼神が出現したのだろうか。いや、平成の今日、そんな馬鹿なことはあり得ない。絶対に人間の犯罪に決まっている。

デカ仲間で「カミソリ山長」と言われているこの俺が迷うとは！　今日は朝の五時過ぎから夜一一時まで働きづめだった。疲れすぎたかなぁ、これからいかに捜査を進めるか。あのホトケは男女共に相当の悪やから、その近辺を大阪の協力を願って徹底的に洗うか。明日から怨恨を本筋としてじっくり攻めるか。

さすがに体力、気力充分な山口刑事にも疲労がどっと襲ってきた。好物の日本酒をあおって明日の鋭気を養おうと思い、退署して家路を急いだ。

二、石川純一の物語

大北市は、大阪市のベッドタウンとして発展し、今や人口二〇万を有する地方都市である。大阪梅田へのアクセスが良く、京都や奈良へいくのも便利だ。その町の玄関口である京阪電鉄大北駅から南へ一・五キロ程、大北商店街を形成している。

駅より南側のこの周辺には古くから居住している人々が多く、かつては非常に栄えた商店街であったが、国道筋に大手総合スーパーや酒類、衣料、家電製品等の全国チェーンのディスカウントストアが出現した結果、個人商店は大型店に客を奪われて、廃業したり倒産したりでシャッターの閉じた店舗が多い。今では商店街としての機能を発揮することができなくなっていた。価格破壊はそれだけに留まらず、各商店と地域住民との良好な人間関係をも完全に断ち切ってしまった。

さて、この商店街の南端に但馬屋酒店がある。この酒店の店主は石川純一である。

兵庫県の北部、北但馬地方に位置する岡林地区は四方を山々に囲まれ、山陰地方特有の冬期は晴天の日が少なく、どんより曇った日が続く。積雪が一メートルを記録する日も珍しくはない。

北但馬地方は平地が少なく、冬、雪がよく降るところでは、昔から男達は杜氏や酒造工として灘や伏見をはじめ、関西各地の酒造会社へ出稼ぎにいくのを常とした。

石川純一は昭和二五年美山町岡林に生まれ、四〇年に美山中学校を卒業。五年前に父親が病死しており、働き手は母親一人。三歳下の妹との家族三人である。

学業成績は良く、また同級生の七割が高校へ進学する中、中学校の担任の教師から進学を勧められたが、家庭の経済事情からそれを断念しなければならなかった。

彼は明るい性格で生徒会長をしていた。岡林地区には酒造工のリーダーである杜氏が四人いる。その中の一人で、毎年奈良県吉野地方の酒造会社へ出稼ぎにいく小林杜氏が純一に目をかけ、自分の元で酒造工になることを熱心に勧めた。しかし彼は人と会ったり話したりすることが好きだったのでその話を断り、ある人の紹介で大阪市内にある酒類問屋に就職した。

昭和四〇年三月、春とはいえ、山々に囲まれた岡林地区は雪交じりの冷たい雨が降っていた。その日の朝、石川純一はボストンバッグを一つ持ち、母と妹、担任の教師に見送られ、「母ちゃんや美佐子のために絶対にくじけずに頑張り抜くぞ。しっかり稼いで美佐子を高校へ行かせるからな」と強く心に決めて、美山町役場前より全但バスに乗り大阪へ出発した。

彼を見送る母親朝江の胸中は、賢い息子を高校に進学させてやることができない自分を責め、純一に対して申し訳ない気持ちでいっぱいであった。その気持ちは顔にも表れ、涙は止めどなく流れ、純一の乗ったバスが視界から消えるまで手を振り続けていた。

美佐子も担任の教師もバスが見えなくなるまで手を振り続けていた。そして純一もバスの後部座席から三人の姿が消えるまで手を振った。その頬には一筋の涙が流れていた。

国鉄八鹿駅より山陰線に乗り、その日の午後三時頃、就職先である大阪市〇〇区浜中町にある、酒類と食品の卸販売業「村岡屋」に到着した。この店は大阪市内の酒販店としてよく知られている。

店主は北但馬地方出身で、高等小学校を卒業するとすぐ来阪して酒類問屋に勤め、三五年間コツコツと真面目に働いた後、その問屋の社長の力添えを得てこの店を開店。更に熱心に働き続けて今日の隆盛を見た苦労人である。純一の他に店員一五名と事務の女性五名がおり、店主と従業員、また従業員同士の人間関係は良好である。

仕事の内容は商品の性質上、肉体的にきつく、さらに販売先が消費者ではなくプロの商売人であるため気苦労も多い。石川純一は但馬人特有の粘りと根性で頑張り通した。

そして一五年が過ぎた。純一は村岡屋の人々からはもちろん、多くの得意先である小売酒販店からも絶大の信用を得ていた。彼には一人の恋人がいた。店の近くにある生花店で働く水原加代子である。二六歳で美人というよりは可愛い感じのする明るい女性である。

彼女は大阪市内では進学校として名の高い天王寺東高校に入学して、学校の教師になることを望んでいたが、高校三年の夏、父親が他界。進学を断念して高校卒業と同時に、遠縁にあたる今の生花店で働き始めた。女性としての魅力は十分、性格も明るく申し分ないので、彼女に交際を申し込んだり結婚を望む男性が多くいたが、今一つ彼女はその気になれなかった。しかし二年前より交際していた純一のことは真剣に考え、彼からプロポーズがあればぜひ受け入れたいと思っていた。

純一は水原加代子を誘って初秋のある日、京都へいった。嵐山付近の小料理店で昼食を共にして、アルコールの力を借りながらも彼女にプロポーズした。彼にとっては非常に度胸のいることであった。

純一は、以前から自分の学歴にコンプレックスを感じていた。まして彼女は高卒とはいいながら大阪市では三本の指に入る進学校を卒業している。さらに自分より高学歴、高収入の魅力的な男性が加代子にアタックしているのを知っているからなおさらである。

加代子は純一の目をジッと見つめてから口を開いた。

「私、うれしいわ。貴方がいつその言葉を言ってくださるのかじっと待っていたのよ」

純一は彼女の言葉を聞き、目の前が急に明るくなって胸がキューッと締まるような感動の中にいた。

二年越しの恋が実を結び、秋も深まった菊薫る一一月、村岡屋社長夫妻の媒酌で京橋にある住吉殿で挙式した。二人は浜中町にあるアパートの一室を借りて新居として、それぞれの職場に従来通り勤務していた。

それから二年経った六月のある日、彼が店で出荷伝票等に目を通し終わり、退店する旨、社長に告げにいくと、社長は人影のない応接室へ彼を導き、話し出した。

「君にとっては大切な話だからよく聞いてくれ。純一君、酒販店を経営する気はないか。実は私の従兄弟夫婦が京阪の大北駅前にある商店街の中で酒屋をしておったが、体力、気力や年齢を考えると、従来通り店を経営していくことに不安を感じ始めた。折も折、息子夫婦が米子市で開業医をしており、老いた両親二人だけを遠く離れた大北市に置いておくのが不安なので、米子に来て同居することを望んでいる。そこで一大決心して店を処分することをワシに相談しよったんや。

あんたがそこで酒屋をする決心がついたら、話はすぐにでも決まるちゅうことや。ワシも純一君と同じように雪深い北但から右も左もわからん大阪に来て苦労したが、力を貸してくれた御主人のお陰で自分の店が持てたときの喜びは格別のもんやった。

君はこの村岡屋で一七年間、本当によく働いてくれて、店に多大の貢献をしてくれた。金のことやったら心配しんとき。慰労の意味で退職金は十分に出させてもらうで。この金とあんたら夫婦の持ち金とそれでも不足する分はワシが貸したる。その金には利子もいらんし、一五年くらいの分割返済でもかまへんで。この話は私と君との北但人同士の好意と思ってくれたらええんや。加代子さん共々によく考えて四、五日の内に返事したってや」

石川純一は社長の厚意で夢にまで見た自分の店が持てると思うと、心も足取りも軽く帰宅して加代子に相談した。

「あんたの夢が実現するのよ。私もうれしいわ。どんな苦労でもあんたと一緒ならできるわよ。社長の厚意に甘えるのは心苦しいけど、お店を立派に経営して、一日でも早く借りたお金を返し御恩に報いようね」

加代子の言葉を聞き、純一は喜びのあまり、目にいっぱい涙を溜めて彼女の手をしっかりと握った。

「おおきに！　加代子！　店をやる以上、お客様を大切にして仕入れ先からも信頼される良い店をつくり、二人で大きな花を咲かせよう」

彼は翌日、社長の厚意に対する謝礼を述べ、喜んで酒販店を経営させていただくと返事した。時に、石川純一三二歳、加代子二八歳。

それから一〇年の月日が流れた。その間に男の子が生まれ、夫婦は汗水垂らして働き続けた。どのようなお客に対しても感謝の気持ちを笑顔に表し、仕入先の問屋に対してても月々の仕入代金は翌月の一〇日までに全て支払い、常に下手に出ていたから、売り先と仕入先の双方より人望を集めて但馬屋はますます栄えた。開店当初の村岡屋の社長からの借入金も全て返済していた。時に純一四二歳、加代子三八歳、一人息子の拓也八歳。

平成四年五月半ば、思い切って二日間店を休んで、都会育ちの加代子の希望でもある上高地へ初めての家族旅行をした。但馬屋の今日の隆盛は妻の協力あってのものであり、その意味で加代子に対する慰労の気持ちが込められた旅行だった。

息子の拓也は新幹線に乗車したことがなかったので、新大阪から名古屋までは新幹線を利用した。拓也はこの高速列車に大満足で、車窓にしがみついて飛び去っていく景色を面白そうに眺めていた。

名古屋からは中央本線の特急に乗り換えた。中津川を過ぎた頃より一段と緑が美しい。松本で降りて市内を見物してから、松本電鉄やバスを利用して上高地に到着した。

大正池の青緑色の水中に林立する白っぽい枯れ木、梓川の清き流れと白い川原に生えるケショウヤナギの新芽のうす緑。加代子は感動して「ああ美しい、素晴らしい」

という言葉を連発した。さすが日本有数の山岳美を誇る中部山岳国立公園である。

純一の生まれ育った所も周囲を山々に囲まれているが、上高地とは全く比較にならなかった。

人間、あまりにも幸福の中に浸かっていると、この先、何か不吉な事が起こるのではないか、と不安な気分になる時がある。正に今の純一がそれで、気だての良い笑顔の美しい妻や、親思いの息子に恵まれて、商売はますます繁盛し、家族三人が健康で円満に暮らしている。

「いつまでもこの幸せが続きますように！」と雲一つない大空に向かって祈らずにはいられなかった。しかし、無情にもこの幸せは続かなかった。

それから三年後、但馬屋にとっても大北商店街の各店にとっても、生死を分ける出来事が起こった。大北駅北方八〇〇メートルに国道が東西に通っているが、そこを中心に全国チェーン店の酒類・食品の激安商法で知られる「ハナビシ」、次いで東京資本の衣料スーパー「やしま」が出現した。その年の暮れには総合スーパー「タウン」が開店、年が明けて一月、日用雑貨のディスカウント「いせや」が大北市と接する守川市にできた。

これら大型店の激安商品の折込広告が大北市内はもちろんのこと、近くのどこかしらの市や町で毎週一度は日刊紙に入っていた。

石川純一が但馬屋を開店した昭和五七年頃は、比較的近いところに大阪梅田の名店街や有名デパートが存在するにもかかわらず、この大北商店街の各店は消費者ニーズに応えるべく努力し、豊富な品揃えと客を大切に扱うことで買物客を引き寄せていた。かつて年末商戦の最中には、アーケード内を歩く買物客の肩と肩とが触れ合う状態であったが、量販店やスーパーが出現すると、潮が引くように商店街から買物客が消えていった。商店街は衰退し始めた。

純一は大北商店街副会長として他業種の役員と共にこの苦境打開のため、一生懸命頑張ったが、これといった対策も打てず、ただ疲労のみが残った。

それから三年後、半数近くの商店が倒産したり廃業に追い込まれ、開店している店も老人夫婦が惰性でやっているような有様であった。明るく美しかったモダンなアーケードや街灯は、破損が目立ち、シャッターを閉めた店々が点在して、人影の途絶えたアーケードの下を時たま通る通行人の靴音が、静かな商店街に響くのみである。

もはや昔の面影はなく、商店街としての機能は完全に消失した。この惨状はこの商店街だけではなく、全国至る所で地域住民と人間関係を密接に保ち発達してきた多くの商店街、個人商店は同じ運命を歩んだ。規制緩和が無条件で行われることは、例えるならば草食動物である個人商店の群に大型店である虎やライオンを野放しにするのと同じである。

そして、その年の一二月、石川純一の但馬屋に決定的な不幸が起こった。愛する妻と息子を同時に失ったのだ。彼の店は個人商店とはいえ、付近にスーパーやディスカウント店が出現するまでは、二億円弱の年商があり、純益も三千万円以上あった。しかし、大型店が出現して以来、年々急激に売上げが落ち、平成九年度の年商は四千万円を割っていた。

その間、店舗兼住居の大改築や大型の保冷ショーケース三台を購入するために多額の借入金をしており、借入当初の平成六年頃は十分返済可能な金額であったが、平成一〇年の今日に於いては、月々の返済が店の経営を圧迫。仕入資金が乏しくなり、さらに日々の生活費さえ事欠くようになった。その結果、仕入先よりの買掛金が大きく脹れ上がり、各仕入先から支払いを厳しく請求される状況になっていた。

かつては京阪銀行や淀川信金の預金担当の代理や支店長クラスが週に一度はご機嫌

伺いにやって来て、純一や加代子を「ヨイショ」していった姿が嘘のようだ。それに変わって融資担当者やその係の代理が来店して、借入金返済が思うに任せず滞っている中、掌を返したように返済を迫り、担保物件の土地建物の売却を要求していた。

利ザヤ稼ぎを商売とする金融機関の冷酷さが身にしみた。「氷菓子（高利貸し）は冷たい物」とは、よく言ったものだ。拓也の大学進学資金や家族のためにしておいた定期預金はすでに解約して使い果たしていた。唯一万が一の不幸が起きた場合に備えて、愛する息子拓也を受取人にして夫婦が一口ずつ掛けている生命保険を解約するのを必死で我慢していた。

経済的に追いつめられた状況の中でも、加代子は生活の苦しさを顔に出さず、常に笑顔を絶やさなかった。拓也は家計の苦しさを理解して、同世代の誰もが持っている物でも高価な物は欲しがらず、常に明るく振る舞っているのが純一にとっては非常にありがたかった。

もはや酒店経営だけでは生活できないので、純一は週に三回、午前七時から午後四時まで宅配便のアルバイトをしていた。

その日は、朝から細い雨がシトシト降り、夜には霧が発生して見通しが悪く、非常に車を運転しにくい状態だった。夜の九時過ぎ、但馬屋にとっては数少なくなった常得意先より至急の注文の電話が入った。

純一にとっては千円の売上げでも欲しいところであるが、彼はこの日、宅配便のアルバイト中に足を痛めてしまったので、この配達を丁重にお断りしようかと思っていた。すると加代子が「今お断りしたら得意先を一軒失うことになるから、私と拓也で行くから」と言って、缶入りビールを二ケース、軽四輪のライトバンに積んで拓也を助手席に乗せて、団地の四階にあるお客の家へ向かった。

そして一〇分後、悲惨な事故が発生した。信号待ちで停車中の二人が乗った軽四輪に後ろから来た大型トラックがブレーキを掛けるのが遅れて追突し、その強い衝撃で但馬屋の車は交差点の中央に押し出された。さらにその側面に時速五五キロで走行中の四トン積トラックが激突。軽四輪車は原形を留めぬ程に大破し、搭乗者二名が即死、四トントラックの運転手が軽傷を負うという惨事になった。

石川純一は大北警察署より連絡を受け、一瞬目の前が真っ暗になり、頭の中が真っ白になった。体から全ての力が失われ、何かする気力が完全に消失してしまった。それから一時間後、不帰の人となった妻と息子に涙でかすむ中、面会した。

加代子は四五歳、拓也は一五歳だった。一人になってしまった純一には商売を続けていく気力が全く失せてしまった。また金品に対する欲もなくなってしまった。

この事故の加害車両である大型トラックは、名古屋市××区川中町にある中井運送という、保有車両七台の小さな運送会社の所有である。運転手は井本正三五歳で、この日、名古屋で荷物を積んでから大阪城東区にある倉庫会社で再び集荷し、山口県徳山市へ向かう予定であった。

中井運送は経営基盤が弱く、仕事欲しさに荷主の不当な欲求も場合によっては黙って聞かねばならなかった。当然運転手の給料は安く、仕事はきつい。運転手の井本はその日の朝、妻と生活費のことで言い争いをしたことを思い出し、考え事をしていてこの事故を起こしたということだった。

井本は中井社長と共に葬儀に参列した。純一に焼香の許しを請い、二人が祀られている仏前に進み出た。他の参列者の冷たい視線の中、深々と頭を下げ、涙を流しながら合掌した。葬儀終了後、彼らは純一の前で土下座して謝罪した。中井運送は強制保険だけの加入であり、大きな賠償金の支払い能力はなかった。

そして四ヶ月が過ぎ、この大北市も桜の花が散り、若葉、青葉の季節が巡ってきた。

純一は妻子を失ってから仕事を辞めており、毎日、加代子と拓也の位牌が祀られている部屋に入り、心の中で二人と対話するのが日課となった。そうしていると、加代子と拓也の笑顔が走馬燈のように瞼に浮かんでは消え、消えては浮かんだ。二つの顔が思い出深い上高地の清流、梓川の水面に映り、「お父さんも早くいらっしゃいよ」と手招きしているように思えた。

井本運転手とその管理者である中井社長は、葬儀の日より四九日まで、金曜日毎にお供えの果物や菓子を持参して名古屋よりやってきて、二つの位牌に手を合わせ、深々と頭を下げて冥福を祈り、そして純一に何度も詫びていった。しかし、賠償金は井本にも中井運送にも多額の支払い能力はなく、自動車強制保険金と五〇〇〇万円だけであった。そして中井社長は月々一五万円、井本運転手は月々三万円を一〇年間支払うことで示談が成立していた。会社も井本も月々の収入が少なく、これが精一杯の所であった。

金銭的なことはとにかく、加害者側の誠意は十分に認められた。側面より衝突したトラックを所有している水産物販売会社のオーナー社長が「こちらには過失はないが、三名の家族の内二名が死亡して一人が残されるという悲惨な事故を思うと、お詫びしたい」と申し入れてきた。そして香典料として三〇〇万円を送金してきた。純一はこれらの金で仕入先各社の買掛金を返済していた。

拓也のために苦しい家計の中から必死で掛金を支払っていた、加代子が被保険者の生命保険金が純一の手に渡った。愛する妻が生命と引き替えに作った二〇〇〇万円である。この金を手にした彼は、ますます悲惨な気持ちになった。

生きる望みを失った石川純一はすでに自らの手で五〇年の生涯に幕を引く決心をしていた。

人は愛する人がいてこそ、仕事に欲が出て、少しでも多くの金を得て、その人を楽にしてあげたい、喜ばせたい、そう願うのである。間もなく自分の人生にピリオドを打つと決心した人間にとって、それも妻子もなく、両親や妹もすでにこの世にいない、たった一人の純一にはこの大金は誠に侘しく悲しく残酷ですらある。

彼は手持ちの不動産の全てを処分して得た金と保険金で京阪銀行と淀川信金の借入金を全額返済した。そして手元に一五〇〇万円程残ったので七〇〇万円を大北市の福祉課へ託し、経済的に恵まれぬ人々のために使用してもらうことをお願いした。

そして五〇〇万円を加代子、拓也の遺骨と共に葬儀に際して導師を務めてくれた市内にある寺へ渡して、二人の永代供養を申し込み、妻と息子の冥福を祈った。彼の故郷である美山町岡林地区にある石川家の墓地を管理している正円寺へも両親と先祖の供養のために二〇〇万円を寄進した。

それから三日後、全ての整理が終わって一切の家具類がなくなった部屋で純一は一人瞑想していた。

思うに、このように愛する家族に先立たれ、自分一人がこの世に取り残されて、生きていく気力さえも失ってしまう羽目になったのは、直接的原因は妻子が搭乗している軽四輪に追突した、大型トラックの運転手であることは明白であるが、それは表面的な事柄でしかない。その奥に潜んでいる真の原因は加害者と被害者の双方の生活苦に由来するものであり、もし一方に日々の生活に余裕があったならば、この事故は発生しなかったであろう。

中井運送も荷主達から運賃を不当に値引きされずに、会社にもう少し余裕があったならば、あの中井社長の人柄から見て、従業員の給料を上げて、福利厚生にも力を注ぐであろう。運転手は心に余裕ができて安全運転を心掛けるであろう。

被害者である但馬屋にとっても、国道筋に乱立したスーパーやディスカウント店に大半の客を奪われないで、生活に余裕というものがあったならば、無理な営業時間外の注文に応じることもなかったであろう。純一には、資本主義経済について学問的に理解することは無理であっても、今日、全国津々浦々に存在する商店街の多くが衰退し、個人商店が無数に破壊されたり、多くの人々がリストラされて失業の憂き目を見ている根源は、大手流通資本に由来するように思えてならなかった。

今や全国の市場を大手流通資本は支配している。有力ブランドを有するメーカーといえども、一部を除き、彼らの意向を無視して市場価格を設定できなくなっていた。彼らは大量に仕入れ、大量販売することで、仕入れコストと流通経費の節減をはかり、激安販売を行なっている。そこへ納品する者は大手、中堅を問わず、納入価格を徹底的に叩かれる。経営を持続するためには、彼らも経費節減をやらねばならない。そのためには多くの社員をリストラし、さらに自己の下請企業や立場の弱い仕入先に対して、大手流通業者に強要された納品価格の切り下げと同じことをせねばならなくなった。

結局、小さな幸福に満足して生活している資本力のない個人商店、下請企業の経営者や労働者が痛めつけられるのだ。真面目に一生懸命自分の仕事に取り組んでいれば生活できるという時代は終わってしまった。義理や人情、人間関係といった感情的なものは薄れ、「かんじょう」という言葉は「勘定」の意味合いが強まり、まさに無機質な時代に変わりつつある。

これらのことを考えれば考えるほど、石川純一の心の中に湧き上がった巨大流通業者に対する憎悪の念がますます増大していった。

石川純一は目を開けて静かに立ち上がり、ボールペンと罫紙を出してきて、遺書として自分の思いをこの世に書き残すことにした。

「遺書

私は一五歳の春、兵庫県北但馬地方の山村より来阪して酒類問屋に勤めること一七年、多少の苦労はしたが、周囲の温かい人々から可愛がっていただき、問屋の社長様の御厚意により大北市で小さな酒販店を持ち、今日に至りました。

この但馬屋をお引き立て下さいましたお客様各位、仕入先の方々本当に有り難うございました。石川純一、感謝の気持ちは死んでも忘れません。

さて、天国にいる加代子、お前と共に暮らした二〇年間、私は本当に幸せでした。

私には過ぎたる女性でした。どうか拓也と仲良く天国で暮らしてほしい。お前達の菩提を弔うことなく、自らの手で人生に終止符を打つ私をどうか許してください。私もお前達のいる天国へ行きたい気持ちで一杯ですが、それ以上に怨念が強いのです。

私は本当にくやしい。小さな店ではあったが、お前と二人三脚でお客様や仕入先との温かい人間関係を築き、拓也と三人で平凡だが平和に暮らし、誰からも恨みを買うようなことをした覚えのない我々を、また全国の多くの小さな商店を虫けらのように押し潰した奴等に対する憎悪の念が増大するばかりだ。私は五〇日前から京都洛北は貴船山にある小さな神社に願掛けをしていたのだ。

『私の肉体は死しても魂魄この世に留まって、鬼神となって、今世に怨念を残して自らの命を絶った人々の未だ成仏できずにいる霊と合体して、弱い人間を踏み潰した奴等に悪霊となって取り憑き、恨みを晴らさせてください』と請願していたのだ。私は鬼神に魂を渡したのだ。

さようなら　加代子！

平成一一年五月　　石川純一」

この遺書を書き終え、静かに目を閉じてしばらくしてから別に手紙を二通書いた。中井運送の社長と井本運転手に宛てたものである。今日までの純一に対する誠意を認め、自分は大北市から遠くへ行き、一人で生活するので多くのお金は必要としなくなった。以後、二人の賠償責任は一切免除する。その代わりにと一言書き添えた。中井社長には「運転手や従業員を大切にして頑張ってほしい」、井本運転手には「夫婦仲良く暮らして安全運転を心掛けてほしい」というものだった。

遺書と手紙を書き終わり、再度目を閉じた。

三五年前の三月、氷雨が降る朝、大阪へ出て行く純一に寂しい笑顔で、涙を溜めて手を振る母親の朝江や妹の美佐子の顔、担任の田野先生の顔が浮かびあがってきた。山や里に積もった白雪、鉛色の冬空の下で荒々しい波しぶきをあげる日本海、天空を列車が走るが如き山陰線の余部鉄橋、そして自分の人生の七割をしめた村岡屋、但馬屋の看板、加代子と拓也の笑顔、家族旅行での上高地の残雪の山々、梓川の清流など、次から次と純一の五〇年の人生全ての思い出が瞼に浮かび、閉じた両眼から涙が二筋の流れとなって頬を濡らした。

彼は立ち上がると、自分の一生の記録であるアルバムに納まっている写真を一枚残して、他は総て焼却した。上高地河童橋上で他の旅行者にシャッターを切ってもらい、家族三人が写っている一枚は、最後の家族旅行の意味を込めて、死出の旅路に持参しようと背広の内ポケットに入れた。

一通の遺書と二通の手紙、それに彼の全財産である一二〇万円をセカンドバッグに入れ、別に真新しい下着と死ぬために必要なロープを旅行カバンに入れて家を出た。そして今一度振り返り但馬屋に熱い視線を注いでから、寂れた大北商店街の中を駅に向かって北進した。途中、ポストを見つけてその二通の手紙を投函した。

その夜、JR大阪駅近くのホテルで一泊。翌朝、大阪駅一〇番ホームを八時五八分に発車する特急「しなの15号」に乗車して思い出の上高地へ向かった。

三、死出の旅路～上高地、高山、下呂

石川純一を乗せた「しなの15号」は緑の美しい木曽路を快走して、定刻通り松本に到着した。ここから松本電鉄の新島々行きの電車とバスを利用して大正池にいく。今日も七年前と同じ好天気で池の水、池の中に立つ枯木の色も全く変わらない。

彼は池の畔に佇み、持参した写真を池の方へ向けた。二人の冥福を祈ってから、遊歩道を田代池、河童橋へと散策して所々で同じことをした。その夜は七年前、妻子と共に楽しくくつろいだ上高地グリーンホテルに一泊。

加代子が「来年はぜひとも家族で高山や下呂温泉に行きたいわね」と言っていたことを思い出し、翌日、彼にとっては一生に一度、最初で最後の贅沢をしてタクシーに乗った。

釜トンネルを抜け、新緑の安房峠を越えて高山に到着。タクシーの運転手は五〇年配のおとなしそうな男で、五年前まで浜松市で会社員をしていたが、会社が倒産して失業後、今の職業に就いたことを純一に話した。

純一は努めて明るく振る舞っており、好感の持てる運転手だったのでチップを二万円渡していた。運転手は純一の心の奥底がわからず、遠距離乗車してくれた上にチップまでくれた彼に心から礼を言い、終始笑顔を絶やさなかった。

高山の名所旧跡の案内や、通り過ぎる景色の説明には心がこもっていた。そして夕方、下呂温泉街の中心に位置する美山屋本館に宿泊。入浴後、夕食の時には昨日と同じように食卓の上に家族三人の写真を置いた。翌朝、客室に置いてあるメモ用紙を取り、一筆したためた。

「大変ご迷惑をおかけして申し訳ありません。厚かましいお願いとは存じますが、私には家族も身寄りもありませんので何分よろしくお願い申し上げます。手持ちのお金は皆様方で私の供養と思ってお使いくだされば幸甚です」

このメモ用紙を一〇〇万円の札束が一つ入っているハトロン紙の封筒に入れた。そして朝風呂に入り、人生五〇年間の汚れを洗い流し、真新しい下着をつけて宿を出発。死に場所を求めて、温泉街の中を流れている益田川河畔を歩いていった。途中、この川に掛かっている橋の真ん中に佇んだ。

「加代子、拓也！　いよいよ今生のお別れだ。さようなら」

小さな声を発して例の写真を取り出し、川の流れの中に落とした。それは五月の朝風に乗って、小さな鳥か胡蝶が舞うようにひらひらと、折からの朝の陽光を受けて金波銀波に輝いている益田川の流れの中に消えていった。

それをジッと見つめていた両眼にはもう涙はなかった。心の中は「無」であり「死」に対する恐怖心もない。やがてその場を立ち去って、高山線の線路沿いに歩き続けていると、いつの間にか下呂駅より一つ名古屋寄りの焼石駅の付近まできていた。

この線路の両側は林や森である。人に迷惑を掛けるのを最小限にとどめる死に方をするために、持参したロープを持って右側の雑木林に足を踏み入れようとしていた。

石川純一が大北市の自宅を出るときから、彼をジッと見つめていて、心の中を正確に見透かし、これから起こることを予期していた者がいた。それは人間ではなく鬼神である。そやつは手下の死神を純一の所へ派遣していた。

彼が線路の横を歩き始めると、彼の頭上一メートルの高さの所を黒い雲のようなものが彼の歩く速さに合わせて移動していた。この雲はふだん何人も目にすることができず、死人が出る直前、六〇秒前になってはじめて人間の目に見えるのである。

その時、背後で列車の警笛が鳴り響いた。振り向くと後方から走行してくる列車が視界に入った。彼の意志は反射的にそれを避けようとしたが、反対に体は死神に招き寄せられるように二本のレールの内側に入り、真ん中に立ってしまった。何秒か後に頭部から背中に掛けて強い衝撃を受け、目の前に真っ赤な火柱が無数に上り立った。一瞬のうちにそれが消えて真っ暗になった時、彼は人の世から冥界へ旅立ったのである。


その日も朝から五月晴れの好天気である。林田栄一は子供のときより大の鉄道ファンで、小学校五年の頃には東京――大阪間の東海道線の駅名を全部記憶したり、全国各地を走る特急列車の名前と走行している場所を全部覚えるほどだった。大人になったら特急列車の運転士になるのが夢で、その夢が叶い、今年四月より高山本線を走行する特急の運転士となった。

「ワイドビュー　ひだ6号」は一〇時二八分定刻通り下呂駅を発車し、美濃太田までノンストップで疾走していた。間もなく焼石駅を通過するはずだが、この付近は山間地でカーブが多く見通しが悪い。

最新型車両のＤＣ特急とはいえ、林田栄一運転士はスピードを少し落として走行していた。線路横で頭上に黒い雲か泡のような物体を頂いた中年の男が歩いているのを発見、警笛を鳴らした途端、その黒い怪異な物体が線路の中央に入り込み、続いてその男が入ってきた。

警笛を鳴らしたとき、男は一度こちらを向いて列車の進行を確認していたはずなのに、まさかこんな行為に出るとは思いもしなかった。急ブレーキを掛けたが間に合うはずもなく、男とその物体は車体の下へと消えた。惰力で列車はしばらく走ってから停車した。すると今の今までの好天気が急変し、あたりが暗くなって雷鳴が轟き、雷光が走り出した。

林田は人身事故発生を車掌に告げ、下呂駅に連絡して下呂署の出動を求めた。列車を点検するために運転席から降りようとしたとき、雷光が走った。異常な明るさの中で、真っ黒な雲のような物が列車の最前部の車体の下から湧き上がってくるのがはっきりと見えた。そして雲の中からそれよりさらに大きな黒い鬼にそっくりの物体が、右手に何か人間の握り拳ぐらいの大きさの物を持って現れた。

金色に輝く両眼を林田に向けた後、音もなく黒雲と共に大空へ舞い上がった。やがてそれらは西空の彼方へ消えていった。

それと時を同じくして、雷鳴や雷光もぴったり止み、あたりは元の明るい五月の陽光に戻っていた。頭が良く体力もあって勝気な性格の林田は、この黒鬼や妖雲の出現、それに伴う天気の急変といった世にも不思議な出来事を目の当たりにして、失神しそうになった。

それでもかろうじて恐怖心より好奇心が勝り、勇気を振るって事の始終を見ていた。下呂駅を発車して間もなくだったため、車掌は下呂駅より沢山乗車した温泉帰りの客の検札をしたり、林田の要請を受けて事故発生の連絡をすることに追われ、実際に何が起きたのかわからなかった。

林田が車両点検をはじめた時、車掌も先頭車両にいき、運転室のドアから線路に降りて林田と合流した。作業を続けながら、林田はこの怪奇な現象を身を震わせて車掌に話したが、車掌は目にしなかった分、恐怖心が薄く、それよりも列車の遅れを気にしていた。

パトカーのサイレンの音が近づいてきて、やがて人々の話し声と共に下呂署の警官四名と消防署の救急隊員二名がタンカーを持って到着。現場検証が開始された。高山——名古屋間を走る特急列車は七両編成で、その最後尾車両のすぐ後ろに人間がうつ伏せに倒れているのを発見、検証の結果は次の通り。

死亡推定時刻は、下呂駅を発車して九分後の午前一〇時三七分頃。仏の身元は持っていた遺書により、「大阪府大北市の石川純一、五〇歳」と判明した。死体の状態は轢死特有の酸鼻さで、頭部から首、背中にかけての部分が大きく損傷されており、左手と左足首が肉片となって付近に散乱。また血潮で枕木やレール内に敷き詰められている小石が赤黒く染まっていた。現場検証を続行していくにつれ、四名の警官の全員に悪寒が走った。

それは死体の惨状のためではない。死体の真後ろに子供の頭よりやや小さい石で、ホトケが着ていた背広が風圧で飛ばされないように押さえられていたからだ。背広の内ポケットには怨念に満ちた遺書が入っており、さらに死体の横にはメモ用紙と一〇〇万円の札束一つが入ったハトロン紙の封筒が同じくらいの大きさの石で押さえられていた。

バラバラに轢断された遺体を集めると、ほぼ原形通り揃うのだが、なぜか左胸部に穴が開いて、心臓がなくなっていた。警官四名が目にしたものと林田の証言を総合して検討するうち、「まさか」という思いにとらわれ、ふだんは気力、体力とも充実している四人の背筋に冷たいものが走った。

林田の話を聴収したとき、最初は作り話に思われた。今朝の南飛騨地方は好天気に恵まれ、雲一つなく晴れ渡っていたからだ。何が黒雲か、まして雷鳴や雷光などあるわけがない。鬼や天狗がこの世に存在するものか。

四人の警官の内三人は林田を「シャブ中」ではないかと疑った。そこへ中年の夫婦が現れ、林田と同じ目撃談をしたので事情は一変した。

夫婦は焼石駅近くの井田山集落に住んでおり、朝からゼンマイやタラの芽を取りに現場近くの山に入っていた。列車の鋭い警笛と車輪を軋ませて止まる急ブレーキの音を聞きつけて、停車した特急の先頭車両が見える位置まで近寄った時に一部始終を目撃していた。その様子を夫婦は震えながら下呂署の四人に話した。

第二の目撃者の出現と、遺書の入った背広や現金の入った封筒の置かれている位置を考えると、林田証言を否定することができなくなった。

この事件の最大の謎は、黒い雲を頭上に頂きながら線路際を移動している背広姿の男を特急の運転士が発見した時点では、線路上にも二本のレールの内側にも石で押さえられた背広や封筒はなかったことである。男はそのままの姿で列車の前に後ろ向きに立ち、列車はブレーキが間に合わずに彼を突き倒し、その上を通過した。そして最後尾車両より四メートル後ろに死体となって出現したときには、着ていた背広が脱げて石で押さえられていたのである。

さらに遺体から消失した心臓を見つけ出すことができないことも不思議だった。ほんの数秒間に、列車に轢かれながら、車体の下でこのような行為をすることは物理的にも一〇〇パーセント不可能である。かろうじて認められるのは、生きた人間が走行中の列車に投身して、それが死体に変化したことだけである。

この摩訶不思議な現象は、石川純一の遺書にも書かれているように、彼が懇願していた悪霊になることに力を貸した鬼神の神通力によるものだろうか。下呂署をはじめ岐阜県警の精鋭刑事達が今までの経験を持ち寄ってあらゆる角度から検討を重ねたが、どうしてもこの謎は解けなかった。

四、平安朝の鬼　鬼天法眼

黒い雲と共に大空へ舞い上がった鬼神は、右手に人間の心臓を一個持ち、林田が目にしたように西空の彼方へと飛び去った。

滋賀と三重の県境を南北に細長く延びている鈴鹿山脈は、海抜一〇〇〇メートル前後の峰々が連なっており、その南端には国道一号線が東西に通っている。名神、名阪の高速道路（但し天理と亀山間は一般国道）が開通するまでは日本の大動脈であった。平安時代の昔より、伊勢の国から近江の国を経て、京都へ上る旅人に利用されていた。

平安朝の頃、この鈴鹿峠に「立烏帽《たてえぼし》」という妖女が住みつき、通行する旅人に危害を加えていた。そして武勇の誉れ高い坂上田村麻呂に討たれたという伝説を有する峠である。

少し脱線してしまったが本題に入ろう。さて、この鈴鹿峠より北に三〇キロ程離れた所に連なる峰の一つ、海抜一〇五五メートルの大松山に浮かんでいる白い雲の中に、例の黒い鬼神は妖雲と共に消えた。この白雲の中には我々の想像を超える物があった。魔界の住人、鬼天法眼《きてんほうげん》が造り上げた天空の地獄である。これらは生ある人間には絶対に見ることのできないものである。その内部を目にすることが可能な人間は、そこで仕置きされて生命を断たれた者だけである。

この天空の地獄には大きな建物が七棟ある。入り口には大きな朱塗りの門、門を入った所には高さ五メートルくらいの鋭い棘を有した枳殻《きこく》の木が左右に植えられており、そこからすぐの所に真っ黒な、全部鉄でできた大きな建物がある。黒い妖雲より降り立った黒い魔神はその建物の中に入り、彼を待ち受けていた、身の丈が四メートル近くある巨大な赤鬼の前に跪き、下呂で自殺した男より抜き取った心臓を敬々しく差し出した。

「死神、ご苦労であった」

赤鬼はそれを受け取るやいなや大きな口の中に放り込み、飲み込んでしまった。手下の鬼達に大きな机のような台を目の前に運ばせ、その上に大きな白木の三方を置き、直径三〇センチくらいの水晶とおぼしき玉をその中に入れた。

その玉に向かって、赤鬼はドスの利いた野太い腹に響くような低い声で呪文を唱えた。そしてその玉に息を吹きかけると、玉はグラグラ動きながら、ぐんぐんと大きくなり、三方や机を突き破って二本の足が出てきて土間に立った。と同時にその物体に二本の角が生えはじめ、大きな真っ赤な口には強健な牙が見えた。目は金色に輝き、身体には硬そうな体毛が生えて、真っ白な、赤鬼より少し小さい白鬼が誕生したのである。一人の実直な人間の怨念を有した魂魄が鬼神の神通力により一匹の復讐鬼を誕生させたのである。

「おお我が息子よ、よく現れおった。お前が貴船の山で請願しておったのは存じておった。十分に怨念を晴らすがよい。これからワシの話をよく聞けよ」

赤鬼は生まれたばかりの白鬼に対して、ドスの利いた声で話し出した。

「ワシが生まれたのは、人間社会でいう平安朝の時代である。伊賀の国なる音倉という所で生を受け、身体も大きく力も人の三倍強かった。

百姓仕事や山の木出しに雇われておったが、ある時、思い立って京の都へ上り、当時、貴族の中でも勢力のあった西小路中納言に、『音倉の吉』という名で使われておった。この貴族社会は知力や体力より門閥がものを言う社会で、ワシはこの不公平さや理不尽さに不満を抱いていた。

洛北の山々が錦秋鮮やかに染まる秋半ば、この屋敷に丹波の国の福知山から当時としては非常に珍しい大粒の、見事な栗の実が届けられた。この屋敷には家族以外に一三人の男達がいた。彼らは中央政権に絶大な力のある藤原氏と結びついている西小路中納言の元へ、今風に言えば研修のために滞在しておった。その内、二名の父親は備前と石見の国司であり、また三名は下級貴族の子弟達で、中納言の所有する荘園の管理業務を行っており、残りは雑用をしておったわ。

この西小路中納言は奸智に長けた人物で、時の流れを見極めるのが上手く、それ故に多くの人間を抱える力がある反面、性格は酷薄で使用人に対しては無慈悲この上ない。栗が届いた翌日の夕方、牛車に揺られて屋敷に戻ってきた彼は、国司の子息二人と夕食を共にして彼らを喜ばせるために、そして自分自身の力を誇示するために、珍品である丹波の大粒の栗を焼いて持ってくるように使用人に命じたが、いつまで待っても栗が来なかったのじゃ。

それは既に何ものかに盗まれていたのじゃ。中納言は国司の子息の前で面目を失い、楽しみにしていた大好物を食べ逃した思いで烈火の如く怒り出し、『盗んだ奴を捜し出し、必ず仕置きせよ』と家人に命じた。その時、騒ぎを聞きつけてこの部屋に入ってきた中納言の一人娘が『盗人は下衆小屋にいる音倉の吉よ』と言い出したのである。

彼女は一七歳の娘盛りで、顔や姿は申し分なく美しいが、父親に似て情がなく冷たい性格である。

一〇日前、ワシが丹精を込めて美しく咲かせた菊の花を娘が乱暴に摘みだしたので注意をしたことがあった。その場はプイッと出ていったが、平素よりこの娘は大柄で醜男のワシに嫌悪の情を持っており、さらに注意されたことで怒りが爆発したのであろう、しばらくして菊花の手入れを続けているワシの背後より近づき、人の気配で振り向いたワシの顔に煮えたぎった熱湯を浴びせたのであった。ワシの顔面には火傷の跡が生々しく残ってしまった。

ワシは栗を盗んだ覚えがないので一生懸命に弁明したが通用せず、娘の一言で無実の罪を着せられて、主人や国司の息子の前で多くの家人達から半死半生の目に遭わされた。その娘は『醜男は心まで悪いのね。ほほほほ』と笑い、ワシを侮辱した。

ワシは娘から顔面に一生の傷を負わされた上に、罪無き自分がこのような目に遭わされ、口惜し涙が両眼から溢れ出た。ワシはもはやこれまでと意を決して、憎々しい娘を横抱きにして屋敷を飛び出した。

多くの家人達が刀や棍棒を手に追ってきたが、いつの間にか、ワシは走っているのではなく空を飛行していた。そして、大きな高い杉の木の太い枝に止まり、憎い娘を殺すだけに留まらず、噛みつき、肉を食らい、血をすすった。すると、ワシの横に黒い雲が漂い始め、その雲の上に一匹の赤鬼が金色の両眼でワシを射るように見つめていた。

赤鬼はワシに手招きして雲に乗るように命じた。ワシは命じられるままに鬼のそばにいくと、その雲は赤鬼とワシを乗せ、京の都から戌亥《いぬい》の空の彼方へ飛んでいった。着いたところが丹波の国は大江山、酒呑童子《しゅてんどうじ》を頭目とする鬼達の棲み家であった」

ここで、人の世に住んでいた時に「音倉の吉」と呼ばれていた鬼は話をやめ、大きな鉄の椅子から立ち上がり、大声で手下の鬼に酒と二つの土器を持ってくるよう命じた。酒が運ばれると再び座り、二つの土器に酒を満たすと、一つを自分が取り、他方を誕生したばかりの白鬼に勧めた。赤鬼は酒を飲みながら再び話し出した。

「娘を殺して食った時からワシは立派な鬼であったが、それから三年間、もっともっと強い鬼になるための修業に専念した。飛行術はもちろん、人間の老若男女や他の物に変化する術を誰よりも早く習得した。これらの術ができるのは大江山に棲む仲間の内でも半数もおらんかった。

なぜ先輩の鬼達より早くできたのか、それは持って生まれた能力もあるが、人間社会に対するワシの怨念が強かったからじゃ。鬼達の大部分は人間世界での生存経験がなく、黒や緑、赤や白と色は違っても残忍な行為が大好きで『心』という物が存在しない無機質な、生まれついての鬼ばかりである。しかし、仲間から『お頭』とか『兄者』とか呼ばれ、多くの鬼達の上に立つ大物は皆、元は人間だった。人間社会で苦労に苦労を重ね、一生懸命に努力したものの、生まれ育った時代の巡り合わせが悪く、報われることがなかったので世を怨み、鬼になった奴らじゃ。

お頭である酒呑童子様や先輩の茨木童子様がその例じゃ。茨木様は性格の良い賢明な人間として名が高く、ある有力貴族に書生として仕えておったが、ある時、彼の人望と賢明さをうとましく思っている奴らが卑劣な罠を仕掛けて彼を貴族社会から追い出した。

茨木様は人間社会の汚さに絶望され、罠を仕掛けた奴らを殺している内に、人間に対する復讐鬼となり、京は洛西の愛宕山を棲家にして都を荒らし廻られた。

さて、ワシは酒呑童子様の覚えもめでたく『鬼天法眼』という名をいただいた。そして大江の山に来て三年、酒呑童子様や他の鬼達と京の都を荒らし廻り、金銀財宝や若い美しい貴族の女達を奪い、ここに運んでおった。

仲間の大部分の奴は人肉と人血しか食さぬが、なぜかお頭とワシは野獣や野鳥を好み、人肉や人血を食する時は、弱い立場の奴を押し潰してきた情のない冷酷な人間か、大きな怨みを買っている本人、その娘や息子達だけである。

ワシとお頭は怨念によって人間から鬼になったので、誠実とか善良という字のつく奴の人肉や人血はこの上なく不味く、また鬼体にとっても健康上、良くないのである。

さて、我々大江山の鬼達にとって大変なことが起こった。人間世界でいうと、長保五年、後一条帝の御代の時、我々があまりにも都を荒らし廻って貴族人を恐怖のどん底に陥れたために、時の帝より当時、武勇の誉れ高い源頼光《みなもとのよりみつ》に鬼退治の勅命が下ったのだ。源頼光は配下の当代随一の武士達、彼の四天王といわれている渡辺綱《わたなべのつな》、卜《うら》部《べ》季武《すえたけ》、碓井貞光《うすいさだみつ》、坂田金時《さかたのきんとき》、この四人の他に平井保昌《ひらいやすまさ》を伴って、こちらへ向かってきた。奴らは山伏姿に身を変えて『道に迷ったので一夜の宿を借りたい』と申し込んだ。

奴らは人便鬼毒酒という酒を持参していた。それを我々鬼達は全く知らなかった。しかしワシは、頼光という武士には油断できない何かを感じていた。そのことをお頭の酒呑童子様に申し上げ、十分に気をつけるようにお願いした。

非常に頭の良いお方でも、残念ながら名前の通り酒には目がなく、『何を恐れておる。この六人は明朝、皆で食ってしまおうぞ、ハハハハ』と取り合わなかった。

ワシら鬼達と六人の武士が宴を張り、京よりさらってきた悪徳貴族、菊帝中納言と堀川中納言の娘二人を殺して、その血と肉を山伏姿の客人に勧めると、奴らはそれを気持ち良さそうに飲み、かつ食ったので、お頭は完全に油断されてしまった。奴らも土産の酒を我々に勧めた。この酒は人間が飲んでも無害だが、鬼が飲むと毒酒となり、身体の自由が完全に失われてしまう恐ろしい酒であったのだ。

ワシはこの酒に何か仕込まれていると思い口にしなかった。他の仲間にも注意したのだが、無駄だった。皆酒が大好物だったし、生まれついての鬼だから、人間の十倍以上の体力がある代わりに知恵というものがほとんどなく、頭は身体のバランスを良くするためにあるようなものだった。

『法眼兄者よ。お頭の言うように何を心配しておられるのじゃ。奴らの土産酒を十分に飲みましょうぜ。こんな旨い酒、はじめてですぜ』

　宴が半ばを過ぎると、酒の毒で身体の自由を失う仲間が続出した。お頭も例外ではなく、自分の寝場所で休んでおられた。そこへ本朝随一の武士達に踏み込まれた。神仏の加護を厚く受けている奴らには、いかに鬼神の力をもってしても勝つことは不可能だった。酒呑童子様はじめ、手下の鬼達も退治されてしまい、哀れその首は首桶に入れられて都へ続々と運ばれた。

　これにより源頼光の名声は不動となった。

　ワシは、酒を口にしなかった二匹の仲間と一緒に戦いたかったが、勝てる見込みは万に一つもなく、隙を見て用意しておいた雲に乗り、近江と伊勢の国に跨る鈴鹿の峰の一つである大松山に難を逃れた。二匹の鬼達もワシの後に続いて到着。猪一匹、鹿二匹と人間二匹を食って地中に穴を掘り、永い眠りについていたが、いつの間にか我々が眠っている穴の上に木が生え、大きく成長して大木となった。ある日、その大木に落雷があり、それにより目が覚めたのじゃ。

　すでに千年以上経っており、平安朝の昔と比べて今の人の世は、衣食住、その他全てが雲泥の差。変わらぬことは、資本力のある奴は、それにものを言わせて経済的弱者をますます追いつめ、その分、より肥え太っていることじゃ。

千年の昔も今も、社会的に日当たりの良い場所に席を占めている奴の中には、冷徹とか酷薄という性格の持ち主が多いのも変わっておらん。つまり我々鬼にとっては最も美味なる血肉の持ち主が数多く存在しておるということじゃ。

この平成の世は、ワシの生まれた平安時代（桓武天皇の天応元年から後鳥羽天皇の元暦元年の約四百年間）とこの平成の『平』は社会的強者にとってはまさに平和なよき時代であるが、底辺に位置する人間にとっては実にくそ面白くない世の中である。

自分の力や努力ではどうすることもできない社会経済や政策の変化によって、社会の底辺に押し込められ、苦しみ抜いたあげくに自ら命を絶った奴らの供養のために、ワシは目覚めてから三年の月日をかけて二匹の仲間とここに『天空の地獄』を立ち上げた。お前のように人間界に深い怨みを残し、いまだ魂魄この世にとどまって成仏できないでいる亡者どもに、思う存分怨みを晴らさせてやるのじゃ。おお、一番大切なことを忘れておった。お前に名前をやろう、『白鬼念眼《びゃっきねんげん》』じゃ。

この地獄には、獄卒たる鬼一三匹と死神三匹、それに脱衣婆の鬼女一匹がおる。獄長たるワシと副長たるお前を加えた一九匹の鬼が、今風に言うならばスタッフじゃ。

ここのメンバーは獄長のワシが十分に厳選したもので、どいつも鬼としての器量は申し分ない。

さて、念眼よ、他の獄卒どもを指揮してワシの右腕となって働いてくれ。そして自分自身の前世の怨念を存分に晴らすがよいぞ。人間社会に怨みというものが存在する間は、我々の食べ物は無尽じゃ。では地獄を案内しようぞ」

獄長である鬼天法眼は息子ともいうべき白鬼念眼を連れて歩き出した。今いた建物に接している別の建物の中に入ると、大きな天秤が置いてあった。両方の皿の直径は一・五メートルくらいあり、一方には三〇〇キロの銀塊が乗せてあった。そこには白鬼と同じ位、三メートルの身長を有する青鬼二匹とそれより少し低い鬼女がおり、法眼に対して恭しく頭を下げた。

「この天秤は仕置きされる人間が受けている怨みの大小を測るものじゃ。体重には一切関係なく、人より数多く怨みを受けている者は、この銀塊が上になり人間の乗った皿が下になる。こ奴らは仕置きを受けることとなる。その前に脱衣婆である鬼女に着衣を脱がされ、死ぬまで失神できない息を吹きかけられるのだ」

次の建物に案内され、中に入ると、そこには大きくて平らな、よく磨き込まれた御影石があり、巨大な鏡のようであった。そばには青と緑色をした二匹の鬼がいた。

「仕置きされる人間がここに引き据えられると、人からどのような怨みを受けているのか、過去にどのようなことをして人を泣かせたか、それが映し出されるのじゃ。これが岩鏡じゃ」

この建物を出てすぐの所に青緑色に澄んだ水量豊富な池がある。この池は透明度が高く、水中深くまで見えるが、底を見極めることができない。

「この池の畔でワシかお前が呼びかけると、人間世界に深い怨みを残して成仏できない亡者どもが湧き上がって来るのじゃ」

ここにも二匹の獄卒がいた。そして次の建物の中は人間の血の匂いが充満していた。二人の男が鎖で鉄の柱に縛られており、一人は大きな中華包丁のような刃物で胴体を切断され、内臓が飛び出していた。もう一人は首を切断されていた。その他、鉄のベッドのような物があり、見方によっては大きなフライパンにも見える。それが真っ赤に焼けており、その上に二人の男と一人の女が放り込まれて、熱さのあまり三人が外に出ようと必死でもがくのを三匹の鬼たちが鉄棒で無情にも中に押し込んでいる。獄卒たちは口々に叫んでいた。

「人の世の毒虫ども、仕置きを脱出する奴があるか。ジッとしておれ。早くこんがりと焼かれよ」

三匹の鬼達は鬼天法眼と白鬼念眼に問うた。

「獄長様、副長様、仕置きした五人の肉をお食べになりますか」

「こ奴ら五人は人間社会の悪よのぉ。こんな小者らの肉は食いとうない。お前達で食ってしまえ」

ここを出て最後の黒い建物に入ると、立派な御所車が五台あった。それには一台ずつ王朝絵巻に描かれているような、この場に最も不向きな、美しい牡丹や菊の花、藤や桜の花、秋の草花等の絵があった。その内の一台、満開の牡丹にその蕾と緑の葉が描かれ、桃色と緑のコントラストが美しい御所車に二匹の内の一匹の鬼が何か呪文を唱えて、大きい真っ赤な口から吐き出した炎を吹きかけた。するとたちまち火焔に包まれて火車となったが、その奴がまた何か呪文を唱えると、火焔はすぐ消えて、元の美しい御所車に戻った。

そこを出ると小高い丘になっており、一木一草なく鋭い針がビッシリ生えている針の山である。白鬼念眼がこれを見るとはなしに見ていると、近くで何かが吠えるような、低いが腹に響く音が聞こえてきた。そこへ近づくと直径五メートル程の地獄の定番、大釜が現れ、煮えたぎった熱湯が音を立てて溢れていた。ここにも獄卒が二匹いた。

あと二つ、真っ赤な門のある朱塗りの大きな建物は鬼天法眼以下、獄卒達の住居で、同じく門のない小さな建物は鬼女と死神の住居、つまりこれら赤い建物が地獄のスタッフの生活の場である。

死神達の住居の横に深く掘られた大きな穴があり、その底の方に猪や鹿の骨、人骨が捨てられていた。今、仕置きされている五人の骨もその穴に入れられるのである。

この天空の地獄は誠に殺風景で、草や木と名のつくものは入り口の門の左右に植え込まれている二本の大きな枳殻の木だけの荒涼たる所である。

そしてあくる朝、

「念眼よ、ワシと一緒に雲に乗れ。間もなくこの下を二匹の人間が通るわな。こ奴らは人間世界の毒虫での。好色な老人達に美人局《つつもたせ》を仕掛けて、彼らが老後のために残しておいた財産を巻き上げたり、無知な人間を騙して金品を奪ったりしておる。特に男の方は腕と度胸が売りものの任侠団体からも絶縁される粗暴で分別のない悪党じゃ。

腹も減ったし、ちょうどよいワ、取って食ってやろう」

　鬼天法眼と白鬼念眼が黒い雲に乗って向かった先は人間界である。一台の車が大松峠を走り抜けて峠を少し下った所で止まった。男が降りてきて、そこにいる一人の中年男に何か話しかけている。続いて女が車から出てきた。今までの五月晴れが一変し、辺りは夜のように暗くなって雷鳴が響き、雷光が走り出した。鬼天方眼が金色に輝く両眼を男に向けた。

「ワシらに何か食い物をくれんかの」

　雷光の明かりに浮かびあがった大きな赤鬼と白鬼を目にして、しかも話しかけてきたので、女の方はその場で失神してしまった。男はさすがに任侠団体から放り出された悪達者、今にも恐怖で気を失いそうになるのを必死でこらえていた。いつもは肌身離さず持っている護身用のコルト四五口径、マグナム弾を装填した大型で殺傷力抜群のピストルを、京阪地区を離れた油断で持参しなかったことをとっさに悔んだ。

「あのチャカさえあればこんな化け物ハヂけるのに……」

　万事休す。この化け物に自分は殺されるかも、と思いながらも虚勢を張った。

「何でおんどれら化け物に飯食わさんならんのじゃ。馬鹿も休み休み抜かしたらんかい」

気力を振り絞って震える声で怒鳴った。

「お前は、ワシらをピストルとかいう道具で撃ち殺そうと思ったが、それが今ないのを残念がっているな。そんなものは鬼の我々には通用するはずもないわ。お前はさすが、良い根性をしてるわ。お前は極上の食べ物を持っているではないか。格闘技に優れ、それを悪事の武器に使い、修羅場を多く踏んできた分、お前の生胆は、さぞ旨かろうの」

大きな鬼二匹に肝臓を抜き取られる恐ろしさと、自分の思っていたことを心の中まで見透かされている恐怖心で、男はついに失神して倒れた。

赤鬼は男、白鬼は女、それぞれの内臓を食らい、血をすすり終わると、そこに気を失いかけて震えている川本と秋田犬に目を向けた。そして川本と犬は殺して食べる意志がないことを告げて、静かに白い鬼と一緒に妖雲に乗って飛び去った。

天空の地獄に帰着した鬼天法眼は、入り口の門に一番近い建物の前に獄卒や鬼女、死神などの鬼どもを全員集合させた。

「白鬼念眼が出現して、ワシの右腕となり、副長を務めてくれることになった。今までは人間社会の単なる毒虫どもを取って食っていたが、七日後からは一見したところ、犯罪者でもなく、むしろ、経済界や政界、役人の世界で力を持ち、表の顔は立派な紳士や淑女であるが、陰の部分では多くの人を泣かせ、弱い立場の人間を叩き潰して今日の地位を得た奴をどんどん仕置きし、亡者どもの怨みを晴らしてやろうぞ。単なる社会の毒虫の仕置きには使用していなかったが、これから仕置きする奴らは怨みを大量に買っているから、それにふさわしく、仕置きの道具は大釜と火車を使用する。はじめに三名の仕置きを決定する。

総合スーパー「タウン」の遣り手の常務、岡田部清一。我が息子の白鬼念眼は人間社会で努力して、ささやかながらも幸せな家庭を築き、平和に暮らしていた。それを叩き潰した酒類ディスカウント「ハナビシ」のオーナー社長、太田黒天治。それにアパレルメーカーの老舗の三代目社長、津弥川軍次だ。獄卒ども、釜や火車の手入れ、岩鏡その他の手入れ、抜かるでないぞ。では死神ども、奴らをここへ連行せい」

五、地獄の仕置き（亡者の仇討ち）

その日、総合スーパー「タウン」の岡田部清一常務は、北陸地方最大の都市金沢に一二七店目をオープン、店長以下従業員一同に檄を飛ばしていた。この地はすでに関西資本のDや中京、東海地方の雄、J等の有力スーパーが進出していた。

岡田部の目から見て、店内の雰囲気やオープン当初の客の入り具合、その他金沢店の店長以下幹部の資質は満足のいくものであった。彼は店長にこの「タウン」がDやJに後れを取ることは許されぬ、最低で互角以上の戦いをすべき旨を命じた。そして一五時前、店長以下幹部三名に見送られて、小松空港よりJAL146便一六時二〇分発の東京行きに搭乗すべくタクシーに乗り込んだ。

道は空いており、タクシーは気持ち良い走りを続けて空港近くの交差点で信号待ちのために止まった。それと同時に辺りが急に暗くなった。彼は日暮れにはまだ間のある五月のこの時刻、当然明るいはずなのに変だなぁと思っていると、周りに灰色の霧が立ち込め、運転手と岡田部の意識は薄れていった。

そして意識が戻ったときには死神の手によって「天空の地獄」へ連れ込まれていた。岡田部は、今までに目にしたことのない、真っ黒な建物の前に立たせられていた。一生懸命に事の次第を理解しようと努力しているとき、彼の前に彼より一メートル以上は背の高い、頭に二本の角が生えた能面の般若と同じ顔をした鬼女が出現した。恐ろしさで今にも気を失いかけたとき、鬼女の口から動物性の死臭のする耐えがたい息を吹きかけられた。

「お前には死ぬまで正気でいてもらわねば困るんだよ」

岡田部は鬼女に全ての衣服を脱がされ、素っ裸にされて鬼天法眼の前に連行された。そこには他に二匹の大きな青鬼、身の丈は三メートルくらいの奴が控えており、大きな天秤があった。彼は天秤の大皿に乗せられ銀塊と重さを比較された。

「この銀塊は三〇〇キロあり、貴様が人から受けている怨みが軽ければこれが下で貴様の皿が上になる。その場合は直ちに送り返してやる。しかし貴様が下で銀の皿が上の場合は、貴様が多くの人間から大きな怨みを受けていることが明白であり仕置きは免れぬ」

あまりの恐ろしさに今まで生きた心地もしなかったが、鬼天法眼の言葉を聞き、しめた！　何とか脱出できそうだ。私の体重は三〇〇キロもあるわけがない、と岡田部は思った。が、それは重大な思い違いで、この天秤は体重を測るのではなく、受けた怨みの大きさを知る道具なのだ。

青鬼の一匹が岡田部を乗せた皿と銀塊の入った皿を水平にして、天秤棒の中心を持ち、軽々と頭上まで持ち上げると、不思議なことに体重七〇キロの彼の皿が地面に下がり、他方、銀塊は高く跳ね上がった。巨大な赤鬼は金色に輝く両眼で岡田部を見据えた。

「どうじゃ。岡田部清一よ、大きな深い怨みを受けているのがわかるであろう」

次に岡田部は二匹の獄卒たる鬼の手で岩鏡の前に引き据えられた。そこには彼の過去が映し出されていた。

「この鏡をよく見よ。今映し出されておるのは貴様の一七歳の頃じゃ。貴様は頭の働きが良く体力もあり、つまり、智と体は人三倍に秀でているが、人間として一番大切な徳というものが全くなく、性格は至って冷酷である。

貴様が高校三年生のとき、男子生徒に一番人気があり、憧れの的でもあった同級生の美しい女生徒に恋をした。彼女は美しいだけではなく頭も切れる女性であったので、貴様の身勝手な性格を見抜いており、相手にしないばかりか、頭が良くて性格の温和な別の同級生に好意を持っていた。

それを知って貴様は、その同級生が虚弱な体質であることを十分に知った上で、夏休みが終わり二学期が始まって間もなくのある日の放課後、仲間と一緒に同級生を体育館に呼び出した。『プロレスごっこ』を強制し、ギブアップしている同級生を無理に立たせて、数回、投げ飛ばしたり、足蹴にした。同級生は投げられたときの打ち所が悪く、満足に歩行できぬ身体となり、一生車椅子を必要とする身になった。

お前の父親は土地の有力者であり、市会議員を四期もしており、他方、その被害者の父親はその市役所の公用車の運転手をしている関係で、この事件は少ない涙金で解決された」

岩鏡には、一人の若者が車椅子に乗り、その横には彼とよく似た顔立ちの母親らしい中年の女性、さらに若者と同年配の美しい女性が車椅子を押している状況が映し出されていた。

法眼の話は続く。

「それから貴様は有名大学を卒業してスーパー『タウン』に入社、出世街道を順調に進み三七歳で同期入社の者より八年も早く部長になり、仕入関係を全て統括した。社内では『カミソリ岡田部』と言われ、納品業者は陰で『納品屋ゴロシ』と呼んで嫌っていた。

貴様は会社に貢献したが、そこに一つの事件が起こった。『タウン』創業時より、昆布や佃煮の塩乾物やかまぼこ等の練り製品を納品していた食品総合卸売業の江戸川食品が、貴様から納品単価の切り下げを強要された。そんな要求を呑んだら自分の会社が危なくなるので、江戸川食品は取引中止を覚悟の上で断った。

そこに同席していた仕入課長が『この会社はうちが創業より五年間苦しかった頃、色々と助力してくれた。そこを汲んでそこまで厳しくするのはいかがなものでしょうか』と言ったところ、『仕入課長はうちの人間か、江戸川の人間か、昔のカビの生えたような恩なんて関係ないんだよ。今自分達にとってメリットのある会社との取引が一番大切なんだ』と貴様は一喝した。

利益追求のためとはいえ、既に十分に無理をした単価で納品し、また何の欠陥もない商品を納品している江戸川食品に対して、商道徳を無視する岡田部の冷酷さに仕入課長は立腹して言った。

『でも部長！　江戸川食品さんは当社が苦しい時に資金的にも力を貸してくれたし、常に企業努力されており、関東では名のある老舗ですよ』

それを聞いて貴様は『課長！　君は流通業界では生き残れないね。会社のためにもならんし、私の部下としても役に立つとは思えん』と突き放した。

部長と課長の対話を黙って聞いていた、江戸川食品の販売担当の常務がそれまでの温和な態度を一変させた。

『私の所も多くの社員がおりますから、利益がないどころか、損する所とは取引きできませんよ。岡田部さんね、人生は長いんだ。義理や人情を解せぬ奴には、いつかその報いがきますよ。課長さん、この江戸川食品に最後まで御厚情いただいたこと、大変うれしく思います』

江戸川食品の常務はそう言うと、一礼してドアを開け静かに出ていった。

その後、この仕入課長は岡田部により閑職に押しやられた。岡田部は採算を無視して納品する業者を増やす一方、長い間信頼関係で成り立っていた業者でも、納品単価の切り下げに応じなければ無情にも切っていった。その結果、取引き中止となった納品業者の内『タウン』の依存度が高かった二社が倒産、その二社の社長以下従業員三四〇名が路頭に放り出された」

岩鏡には失業して収入の道を失った中年の男と、それを取り囲んで涙ながらに口々に話している妻や子供達が映し出されていた。

そして鬼天法眼の話はさらに続く。

「白鬼念眼よ、お前が人間社会で死を覚悟したときに考えていたことは、小さな弱い者が踏み潰されていく、その根源は巨大流通業者であると、こういうことだったのう。まさにその通りじゃ。

平成一一年の今日、個人商店が潰れ、下請業者が潰れ、リストラで失業した者、数知れずである。さて、この個人商店の敵である大型店経営者の中でも、特に性格は酷薄にして『情』とか『温』という言葉が通じない、人の心を持たぬ岡田部清一をここへ連行させたのじゃ」

法眼が目で合図すると、控えていた鬼二匹が彼を亡者が池の畔へ連れ出し、そこに引き据えた。そこにも白鬼念眼はきており、池に向かって大声で叫んだ。

「亡者ども、こ奴に怨みのある者は出ませい」

すると鏡のように青く静かに澄んでいた水面が急に泡立ち、渦が巻き始め、次から次へと亡者が浮かび上がった。まず、左顔面が大きく欠けた亡者が岡田部を睨みつけて話し出した。

「ワシは仙台市××区で食料品店を経営していたが、お前のスーパー『タウン』が国道四五号線沿いにできたために倒産した。ワシは青森県下北半島の寒村で生まれ、高校卒業後、仙台市にきて生鮮食料品店に勤め、努力して店を持って一二年。大資本に個人商店が競争に勝てるはずもなく、市の産業経済局や商工会議所のお偉方は研修会等で他人事のように企業努力とか自助努力とかいう言葉を連発するが、個人商店や下請工場の苦しさを全く理解していない。羊や山羊とライオンが戦ってるときに、か弱い草食動物に口先で『頑張れ』と言っているのと同じで、くその役にも立たんわ。

ワシは妻や子供達のために少しでも金を残そうと思い立ち、長く掛けてきた生命保険金が妻子の手に入るように、命を捨てたのだ。もっともその金の半分は倒産の始末に消えるだろうがね。

ワシは東北本線の貨物列車に投身して、このざまだ。この後からも怨みを抱えた亡者が続々と出てくるぞ。これから大釜で煮てもらうのか、火車に入れられ火攻めにしてもらうか、お前がお仕置きされるのが楽しみよの」

続いて首に暗紫色の索条痕のある亡者が浮かび上がった。

「ワシは『タウン』に納品していた菓子問屋に一八年間勤めていた。経営者は温和な人であったが、『タウン』への依存度が高かったことが災いし、お前の苛烈な納品単価の切り下げに応じきれず、菓子問屋は倒産。ワシは失業して収入の道を断たれてしまった。

仙台市の生鮮食料品店の主人と同じように、ワシがいなくなっても子供達が大学に進学できるよう命と引き替えに金を作ったのさ。お前みたいな冷血人間にはこの苦しみはわかるまい。念眼様、どうかこ奴の肉を食いちぎってくださいよ」

白鬼念眼はお頭の法眼の方へ顔を向けて仕置きの方法を尋ねた。

「念眼よ。こ奴の仕置きは火車に決定する。多くの家庭の家計を火の車にした奴じゃ、見物したい亡者どもは池から出て、存分に楽しむように言ってやれ」

その時、岡田部清一は最後の気力と勇気を出して、絞り出すような声で身を震わせて話し出した。

「待ってくれ、私の話も聞いてくれ。日本は資本主義国家であり、資本と頭脳のある者がない者に勝つのは当然ではないか。我がスーパー『タウン』は血の出るような企業努力をしたからこそ、日本有数の小売業者となれたのだ。我々は消費者のためを考えて商売をしたからこそ、消費者から絶大な支持を得られたのだ。

我々は刑法はもちろん、民法、商法、その他一切の法律に触れたことはない。また私の性格について冷酷とか、徳がないとか申されるが、甘い人間ではどんな事業でもやっていけませんよ。事業で成功する人間は甘さがない分、心ならずも多かれ少なかれ、人から怨みを受けることがあるものですよ。そこのところをご理解ください。どうかお願いします。今後は十分に気をつけるから、ここから帰してください。このとおりです」

岡田部は土下座して頭を地につけ、鬼天法眼をはじめとして鬼どもに哀願した。法眼は鋭い視線を彼に向けて口を開いた。

「人間の性格は骨になるまで変わるものではないわ。お前は消費者のためというが、それは表面的な理由で本心は自分の功利主義に基づく何ものでもない。『タウン』の経営に血の出るような努力をしていると言うがの、それは自分の血ではなく、立場の弱い納品業者に多くの血を出させる努力をしているのじゃ。鬼の長話は人が笑うでの。これより仕置きを開始する。このめでたい地獄の釜開きの良き日に仕置きされるとは幸せな奴じゃ」

法眼が話し終わると同時に二匹の鬼が彼の両腕を捕まえ、亡者が池の畔に止まっている御所車へ運んで中に押し込んだ。岡田部はこの地獄へ到着してすぐに鬼女から不思議な息を吹きかけられていたので正気であった。その分、全身に恐怖心が満ちた。脱出すべく狂ったように暴れ出そうとしたが、二匹の鬼の万力のような腕の力により押し戻された。

美しい秋の草花が描かれた色鮮やかな車の中に入るやいなや、一匹の鬼が口から火焔を吹き出し、御所車に吹きかけた。御所車はたちまち炎に包まれ火車となった。それを他方の鬼が引き出し、池畔を回り始めた。

池からは多くの亡者が湧き上がり、笑いながら見物していた。火車を引っ張っていた獄卒は、車の中の人間が鬼の食物になることを承知していたので、適当なところで火を消し、生焼け状態の岡田部を取り出した。そこへ鬼どもが集まり、食べ尽くして骨だけにしてしまった。

　骨格だけの死体に彼が着ていた服を死神が着せ、それを黒い雲に乗って岡田部の住んでいた新横浜駅近くのマンションのベランダに投げ入れた。彼の遺品である背広の内ポケットには一枚の和紙が入っていた。それには、青い鬼が引っ張っている火車の中から岡田部清一の恐怖と苦痛にゆがんだ顔が飛び出している絵が描かれており、そこに「怨みの報酬」と達筆で書かれていた。


　伊豆稲取温泉は伊豆半島の東部海岸に面し、気候は温暖、伊豆急の開通により東京からＪＲの特急「踊り子号」で二時間三〇分弱とアクセスが非常に良く、多くの観光客で賑わっている。

　ここに、知る人ぞ知る名旅館「伊豆屋ホテル」がある。今、その桐の間でハナビシ創業一〇周年記念の祝宴が盛大に催されていた。仕入先のメーカーや問屋、社長の友人の国会議員や〇〇市長、芸能人も数名、その他関係者一〇数名が招待されていた。

　その中をベージュ色の明るい揃いのスーツに身を包んだ美人のコンパニオン一五名と、ホテルの仲居達数名が招待客を笑顔で持てなしていた。パーティー会場は華やいだ雰囲気に包まれていた。酒類業界では、その名が全国に売れている「ハナビシ」を一代で築き上げたオーナー社長の太田黒天治は得意の絶頂であった。

　彼は招待客達のところを盃を持って廻り御礼の言葉を述べた。招待客から次々と祝福され、少し疲れを感じてきた。空腹でもあったので下座の自席で料理に箸をつけはじめて間もなく、太田黒の高校時代の同級生で閣僚経験のある民友党の実力者、有山一之が前に座った。

「天治君、本日はおめでとう。私も民友党の機関車と言われているが、君のバイタリティーにはかなわんよ。二人だけの時は青春を謳歌した高校時代のように、有ちゃん、天ちゃん、これで行こうぜ。有山先生と言うなよ。水くさいじゃないか、ハハハハ」

　有山は太田黒から政治献金やパーティー券の購入に何かと協力してもらっているので、この際、太田黒を持ち上げるために独特の大声で話し出した。今や飛ぶ鳥を落とす勢いの有山代議士が超過密スケジュールを割き、伊豆まで来て太田黒を「ヨイショ」したので、有山の声を耳にした招待客の多くから太田黒に羨望の視線が集まった。と同時に太田黒の人脈の豊かさを人々に見せつけた。

　高校時代の思い出話にしばらく花を咲かせてから、有山が席を立つと、また招待客達が次々と太田黒の前にやってきた。そうした人の流れが途絶えたとき、薄汚い古い背広を着た小柄で貧相な男が近づいてきた。くすんだ顔色に目だけが鋭い光を放ち、男は太田黒の前にちょこんと座った。華やいだ宴席には全く不似合いな陰気な男である。太田黒は男に見覚えがないので「失礼ですが、どちら様で」と聞いた。

「私は貴方の招待客ではなく、反対に貴方に招待状をお持ちしたのです。天空の地獄への」

小柄な男は顔と同じような陰々たる声で話した。太田黒は今までの華やいだ気分に冷たい水をかけられた気になり、無礼な男に対する嫌悪の情を露わにした。

「招待もしていない君が何でこの場にいるのかね、私は不愉快だね。それに私は君から招待状をもらう覚えがない。天空のなんとかやらへ、なぜ、私が行かなきゃならんのかね。君！　頭がおかしいんじゃないのか、早く立ち去りなさい」

陰気な小さな男は薄気味悪く笑った。

「鬼天法眼様の御招待を拒否することはできません。なるほど貴方は、極上の血肉を持っていらっしゃる」

訳のわからないことを言い残して、男は霧が晴れるようにスーッと消えていった。

そして一通の封書が残された。封書の内容は次のとおり。

「明朝七時、天空の地獄へ御案内申し上げる。いかなる場所におられてもお迎えに行く。死神」

そう書かれた文書の横には、大きな釜から煮えたぎった熱湯が溢れ、鎖でくくられた一人の男が大きな鬼によって熱湯の中に漬けられていた。男の顔は苦痛に歪んでいたが、なんとその顔は太田黒天治そのものだった。しかし、会場では封書を開けずに、そのまま背広のポケットにしまい込んだ。

太田黒天治は子供の頃より頭が良かったが、経済的には恵まれなかった。高校を卒業すると、金を得るために一生懸命に働いた。貧しい家庭環境で育った影響か、その反動で成人するに従い、金銭欲が異常に強くなっていった。少し良く言えば、経済観念の発達した人間に育っていった。

彼の金銭哲学は、金の要らん奴はこの世にはいない。手に入れた金銭を大きく育てる一番の方法は、その金力を武器にしていかに人に無理をさせるか、というものである。物品の仕入はすべて現金払い、相手の足元を見て札束でホッペタをしばくといったやり方で、彼自身の金銭哲学を忠実に遂行していった。

その結果、五億、一〇億の巨大な金を右から左へ動かせる「ハナビシ」のオーナー社長となり、ますます太っていった。そして最近、彼は豊富な資金で有力な政治家に近づき出した。彼も経済社会の成功者の例に多く見られるように「温情」という言葉に最も関係のない男である。

その夜、太田黒社長は伊豆屋ホテルの最上級の部屋に入ってから、さっきの封書を開いた。中身を取り出して読み終わると、その文面と不気味な絵に視線を落としたままジッと考え込んだ。見れば見るほど、じわじわと恐怖心が湧き上がり、額に脂汗がにじみ出てきた。四、五日前から奇妙な事件が連続して発生しているのである。

滋賀県下で発生した男女二名が被害者となった猟奇殺人、岐阜県下呂での摩訶不思議な鉄道自殺、昨日は横浜市内のマンションに住む大手スーパーの役員が殺され、骨だけになった死体に服が着せられて自宅のベランダに投げ込まれた。これら一連の事件の「キーワード」は鬼であり、自分宛に差し出された禍々しい手紙にもそれが描かれている。

痛めつけられている人物の顔は自分とそっくりなことから、太田黒は今にも鬼に食い殺されそうな気分になっていた。彼は自室の床の間の横にある電話を取り、有山代議士の携帯電話の番号を押した。幸い、有山は自宅にいた。

太田黒は本日の出席の礼を言ってから、不気味な手紙を受け取り、恐怖のあまり夜分遅く電話をした事情を伝えた。そして、死神とかいう恐ろしい奴が明朝七時に自分を連行しようとしていること、ついては有山代議士の力が及ぶ警察庁の幹部に連絡して、至急自分の身をガードしてくれる人材を派遣してくれるように必死で依頼した。

それを聞いて有山代議士は親しみを込めて話し出した。

「おい！　天ちゃん。さすが強気の君もだいぶ参っているね。そんな手紙がきたら誰でも心配するわな。しかし、これはハナビシに客を取られて倒産した奴らの嫉みによる嫌がらせだと思うよ。こう考えればそう心配いらんよ。ちょっと手が込みすぎているだけのことだよ。

とにかく、今から警察庁の大幹部である私の親友の村上君にすぐ電話をして、君の身辺を守る優秀な人間を極秘で手配させるから、大船に乗った気で安心しなさい。彼らは君に対して一言も口をきかないだろうが、君も一言もしゃべる必要はないよ。今晩はぐっすり眠り、朝は風呂にでも入って、気分一新して東京へ帰ってこいよ。強気のあんたが弱気では私まで寂しくなるね。私も天ちゃんにはパーティー券やその他、色々と御協力いただいているから、こんな時ぐらい私に十分働かせてくれ」

有山の力強い言葉を聞き、太田黒は急に恐怖心が氷が溶けるように薄らぐのを感じて、勇気が出てきた。これで有山に大きな借りができてしまった。九月に開催される新宿ロイヤルホテルでの彼のパーティーには通常の二倍の券を買ってやろう。

さてと、この世に人の怨みというものが存在しても「鬼」や「悪霊」がいるわけがない。こんな手紙一枚を気に掛けるとは、私も気弱になったものだ。有山の指摘するように、ハナビシと競合して倒産した小さな酒屋の親父が怨みがましく私を脅すために、こんな手の込んだ手紙を書いたのであろう。そう自分を納得させると。彼はその手紙をライターの火で焼き捨てた後、眠りについた。

彼は翌朝六時頃起床して、朝風呂を楽しんだ。伊豆屋ホテルの大浴場は広く美しく、窓越しに見える庭が何とも素晴らしい。彼の好きなやや熱めの湯に首まで浸かっていると、昨夜の恐怖心は嘘のようになくなった。次第に気力も充実して彼本来の冷酷な人間に戻っていた。

浴場の中には彼の他に一〇人程がいて、その内、彼を取り囲むように風呂に浸かっている一様に屈強な感じのする男達が五人、鋭い目を周囲に配りながらも、丁重に会釈した。太田黒はこの五人が有山代議士の要請により護衛のためにきてくれた人間であることを確認すると、あの禍々しい手紙に対する恐怖心は完全に消え去った。

朝食には少し時間があるので、美しい庭の散歩を思い立った。五月の朝の明るい光が庭に配された奇岩や巨石に当たり、鮮やかな陰影を造り出していた。庭の池には紅白やプラチナ黄金、大正三色といった美しい色鮮やかな錦鯉が数多く泳いでいる。槙や老松、楓の若葉、緑濃い木の葉が朝露を含んで、柔らかい陽光にさわやかに輝き、心までが清々しくなった。とそのとき、薄緑色をした巨岩の影より一人の男が音もなく近づき、右手で彼の左腕をつかんだ。

「お約束の七時です。これより天空の地獄へご案内申し上げます」

男は言うが早いか、ぐんぐんと大きくなり、二本の角が生えた恐ろしげな黒い色をした鬼となり、今まで五月の陽光に満ち溢れていた、明るかった天地が急に暗くなって、雷鳴が響き雷光が走り出した。

五人の警察関係者は太田黒の後方と横を七、八メートルの間隔を置いて護衛していたが、太田黒の腕を握った男を見つけることができなかった。五人の男達が目にしたものは、天地が急に暗くなり直径五メートル程の黒い霧が立ちこめたかと思うと、雲の中で必死で助けを求めている太田黒社長を横抱きにした大きな鬼の姿が折からの雷光の明かりの中に浮かび上がったシーンだった。

五人の男達はさすが警視庁ではその名も高い俊敏な刑事達である。すぐさま、勇気と気力を振り絞り、強い責任感から、彼を救出すべく黒い雲の中に入ろうとした。しかし、一足早く、その雲は一人の男と一匹の黒鬼を乗せて地上を離れて天空に舞い上がり、西空の彼方へ飛び去っていった。そして雲が地上を離れると同時に、辺りは元の静かな陽光にみちた五月の朝に戻っていた。

西空の彼方へ飛び去った妖雲は、やがて天空の地獄へ到着した。そうして総合スーパーの岡田部常務がされたのと同じことが始まった。

太田黒が岩鏡の前に引き据えられると、そこに映し出された光景は、大きな机の上に壱万円札の束を積み上げて、資金繰りに苦しんでいる納品業者に見せつけ仕入単価の引き下げを強要している太田黒の姿と、彼の前で土下座せんばかりに頭を下げ、取引の信頼関係を強調して仕入単価の引き下げの値幅を少しでも小さくしてもらうよう哀願している業者の姿である。単価の引き下げがなくても、すでに利益が出るか、出ないかの現状であるからなおさらである。

次に映し出された光景は太田黒がその業者に居丈高に話しているところである。

「あんた、今三千万円あれば従業員の冬のボーナスの支払いが楽になると思うがね。あんたとこ社員が何人いるんだい。ふん！　一三〇人もいるのか。人手があまっている今日、月給を下げて働いてもらい、あまった資金を販売先の値引きに廻して販売競争に勝ち抜く。これが企業努力というもんだよ。さてと、従来の単価の三パーセント引きで協力してもらえないかね。これが無理というのであれば、残念ながら今後の取引は中止だ。私の物品仕入は全て現金で、ロットは一千万円単位だからつきあってくれる仕入先はたくさんいるからね」

ずっと頭を深く下げて話を聞いていたその業者は、あまりにも身勝手な太田黒の申し入れに立腹した。

「私はこれ以上、社員に無理を言うことはできません。社長の勝手ばかり聞くわけにはいきません。今後の取引は逆に当方からお断り申し上げます」

そう言い放つと業者はその場からいなくなった。この言葉を聞き、太田黒は独り言をつぶやいた。

「あそこは意外としっかりしているな。今度は〇〇物産に変えよう。資金繰りに困っているから札束を積み上げたら思う通りの結果が出るわ。きっと旨みがあるだろう」

彼はすぐ仕入部長を呼び、〇〇物産との取引の段取りを考えさせた。

次に映し出された場面は、彼の身勝手な強要を受け入れざるを得なかった納品業者の最後の姿だった。資金繰りに困っていた業者は一年後に倒産。社員思いの社長は、家族と社員の代表者宛にお詫びの遺書を残して、長野県内のダム湖に入水自殺したのであった。

岩のスクリーンに次々と映し出される自分の過去を、太田黒は息をこらして見つめていた。そうして、次に亡者が池の畔に引き寄せられた。

「亡者ども、この男に怨念のある者は池より出ませい。こ奴に十分に恨み言を申せ。その方が太田黒天治も納得して、仕置きを受けることができるだろう」

白鬼念眼の大きな、しかし陰々たる声がさらに続いた。

「お前達亡者どものリクエストに応えて、どんな仕置きでもしてやるぞよ」

その声が終わるやいなや、池の水面が波立ち、渦巻いた。さっき岩鏡に映し出された長野県のダム湖に入水自殺した社長が浮かび上がった。その社長の亡者は入水自殺者特有の青黒くむくんだ顔から鋭い視線を太田黒にあてて、くぐもった声で話し出した。

「太田黒の社長さん！　経済社会では血と涙のない、損得勘定を最優先する奴が勝者となり、その逆の情の深い人間が敗者となる確率は非常に高いよね。私はね、あんたと正反対の性格で、商売でも信義と勘定どちらを優先させるかとなったら、もちろん、信義を第一にしてきた。それが裏目に出て会社を倒産させてしまった。

その結果、私を信頼してついてきてくれた多くの社員達を路頭に迷わせてしまった。『いかなる場合でも人に迷惑をかけない』ということを処世訓にした自分が全く反対のことをして、多くの社員に苦痛を与えてしまった。その責任を痛感すると共に、せめて自分の命で罪を償うべく、満々と水を湛えたダム湖に入水したのだよ。こんな気持ちは経済社会の勝者のあんたには理解できないだろうね」

と怨み言を言ってから、一言つけ加えた。

「念眼様！　こんな、人の心を持たぬ奴は大釜で十分に時間をかけて、じっくりと茹であげてください」

続いて、三重県四日市市で酒屋をしていた亡者が新たに現れた。白鬼念眼が前世の人間社会で酒販店を経営していて、「ハナビシ」に客を取られて倒産したケースと同じ目にあっていた。

「こいつへの怨みは骨まで沁みている。一番残酷な方法で仕置きをお願いいたします」

白鬼念眼は亡者どもの怨みの言葉の数々に大きく頷いた。

「ワシ自身もこ奴には大きく深い怨念がある。人間を辞めて鬼天法眼様のお力で鬼神となりたる原因は、その方じゃな」

念眼が目で合図を送ると、二匹の獄卒が太田黒を大釜の前に連れていき、煮えたぎる熱湯の中に足から時間をかけて浸けていった。亡者どもは手を叩いて喜んでいる。

二〇分後、茹であがった太田黒が再び大釜より出された。

「こ奴の胆はお頭が食される。それ以外は皆で食おうぞ」

この言葉を耳にした鬼や死神、鬼女が集まり、いつもと同じように全ての血肉を腹に収めた。その後、白骨となった遺体に彼が着ていた伊豆屋ホテルの浴衣が着せられた。浴衣の帯の中には、煮えたぎった大釜に浸けられ、もがき苦しみ苦痛に歪んだ太田黒の顔と、それを見て喜んでいる亡者の姿、ニヤニヤ笑っている鬼達等を描いた絵が入れられ、「天誅」と達筆で書かれた和紙が添えられていた。浴衣を着た太田黒の遺骨は死神の手で、吉祥寺にある彼の住まいに運ばれ、美しいレンガ色をした南欧風の屋根と白壁の大きな邸宅の庭の芝生の上にそっと置かれた。

ここ一〇日の間に世にも不思議で恐ろしい事件が相次いだ。滋賀県内では男女二人が下半身を何者かに食われ、岐阜県内では怨念に満ちた遺書を残して、科学的にも物理的にも理解しがたい死に方をした自殺者、そして大手スーパーの常務と大手ディスカウントストアのオーナー社長が衣類を身に付けた白骨の遺体で発見された。その両者には図柄こそ異なるが禍々しい地獄絵図が描かれ、インパクトの強い文言が書かれた和紙が一枚置かれていた。

警視庁と滋賀、岐阜、神奈川の各県警の担当者は、連日捜査会議を開いて、現場捜査にあたった精鋭の刑事達と共に、この一連の猟奇事件を解明すべく、眠る時間も惜しんで事件解決に没頭していた。しかし解明できたのは次の事柄だけである。

岐阜県下呂署の事件だけが自殺で、自殺した男は大阪の大北署を通じて調査した結果、温和な性格で、その家族共々に人から怨みを受ける人物でないことが判明。滋賀県下での男女二人の被害者は身元も判明しており、殺害された動機は怨みか痴情関係かは不明だが、二人共他人から殺されても不思議ではない世渡りをしていた。

スーパー常務とディスカウントストアの社長の場合は、経済人としては非常にやり手であるが、立場の弱い人間に対しては血の出るような犠牲を強要しており、性格的にも人から好かれないタイプという共通点があった。これら一連の殺人事件の動機は「怨み」によるものと決定した。さらに全ての事件に「鬼」が絡んでいること、スーパー常務の場合は彼を乗せたタクシー運転手が失神したために「鬼」や「妖雲」、「雷鳴・雷光」を目にしなかったが、それ以外の場合には、これら禍々しいものを目にした目撃者が存在した。

特にディスカウントストア社長の場合、伊豆のホテルで大きな黒鬼に拉致され、妖雲と共に飛び去るところを五人の警視庁の精鋭刑事達が目撃していた。他殺の被害者四人はいずれも無惨な姿になっていた。

四人の被害者の近辺には彼らに怨みを含む人間が多数存在したが、その中から犯行に関係しそうな人物のアリバイを徹底的にしらみつぶしに調べた結果、いずれも白と判明した。

以上のことから、警察関係者の中にも本気で鬼の存在を考える者が出てきた。人間には不可能なことだらけだが、鬼神の神通力なら説明できるからだ。その後、警察の威信にかけて懸命の捜査活動が続いたが、それ以上の進展を見ることができなかった。そうして七日後にまたしても事件が起こった。

大阪市都島区に「八田衣料」という、関西、特に京阪神地方を中心にその名が知られた老舗がある。

創業者の八田正一は昭和のはじめ、島根県の西部、石見地方の山々に囲まれた寒村より来阪、苦労に苦労を重ねてこの会社を設立した。戦中、戦後の混乱期を無事に乗り越えて、昭和四〇年、息子の正吉に社長を譲った。正吉は創業者である親の苦労を見て育ち、自分も一緒に苦労した分、人の痛みの分かる情の厚い人物であった。知力も人並み以上で経営者としての素質を十分に兼ね備えていた。

彼は常日頃より「今日あるのは、社員が会社に貢献してくれるからであり、楽しいことは真っ先に社員が受け、苦しいことは責任者たる社長以下、役員が真っ先に受けるべきである。大切なことは、社長や役員のための社員ではなく、社員のための社長や役員でなければならない。社員一同が良い会社で働くことができてありがたいと喜ぶ姿を見てこそ、経営者冥利に尽きるのである」と考えていた。

この考え方は、アメリカの故ケネディ大統領が日本の偉人の中で第一と絶賛した、江戸時代の名君として名高い米沢藩主・上杉治憲の考え方と一致していた。上杉治憲は領民のための藩主であって、藩主のための領民ではないという方針で藩政にあたったといわれている。

このような知徳を兼備した社長のもと、しっかり経営されていた八田衣料にも暗雲が忍び寄ってきた。従来、販売価格の決定権は、大手メーカーが握っていたが、巨大な総合スーパーや大型専門店が出現してからは、メーカーの一部の特殊な商品を除き、価格決定権は巨大流通業者に取って代わられた。

老舗の八田衣料も時代の流れに勝てず、厳しい価格競争に巻き込まれた。企業の多くが経費節減のために真っ先に正社員をリストラし、それに代わって、人件費が少なくて、福利厚生費がほとんど要らないパート従業員を増大させていた。残った正社員には能力の限度を超えた仕事を与え、パート従業員にも過大な責任を持たせて、製造原価に大きな比率を占める労務費を極力減らす一方、下請企業や立場の弱い仕入先を締めつけるメーカーが幅をきかすようになっていた。

八田正吉はそんな状況を百も承知だったが、自分も同じようにしようとは思わなかった。彼は社長や役員の報酬を高い比率で下げ、部長、課長、とポストが下がるにつれて、下げ幅を小さくして、その上で下請企業に単価の切り下げを頼み、仕入先にも値引きをお願いしていくという考えであった。

この苦境をどう切り抜けていくか、役員会が開催された。その席上、代表取締役社長である八田正吉が今後の社の方針を述べると、真っ先に津弥川軍次常務が反対の手を挙げた。

「この際、どこの企業でもやっているようにリストラを絶対にやるべきですよ。我が国の賃金水準の一五分の一以下のC国やI国に生産拠点を移して労務コストの低減を図り、その分を販売促進費に充てましょう。本社工場だけは、八田衣料のブランド『雷鳥』マークのために残し、他は廃止しましょう。

今まで当社は温情主義で社員や下請企業に接してきた分、時代の波に乗り遅れた感がある。これからの時代の企業経営には『温情』なんかは不要で、必要なのは常にシビアにバランスシートを見つめることですよ」

役員会ではこの津弥川の提言が通り、現在ある五工場の内、本社工場と岐阜県大垣市にある工場を残して、三工場の閉鎖が決まった。そしてC国のA市とB市に新たに二工場を建設。職場を失った従業員一一〇〇人には割増退職金を渡し、リストラが実施された。

八田正吉は社長を退き、新たに津弥川軍次が専務を飛び越えて三代目社長に就任した。会社で有能、敏腕と見なされ、業績を伸ばす人物の多くは、物事に対して常に損か得かの損益計算書を頭で描き、仕入先や下請工場、自分の部下を締め上げて、付加価値を貪欲に求めようとする。津弥川もこのような人間の典型である。人間としても冷酷な性格の持ち主である。

八田衣料のリストラは社員以外にも大きな打撃を与えた。原材料や半製品、包装資材、その他あらゆる物品を納品していた業者等への影響も少なくなかった。彼らも自分の会社を守るために、さらに弱い立場の者達に対して同じようなことを行った。八田衣料のリストラは一一〇〇人には留まらず、関連企業を入れるとその何倍にもなった。リストラされた人々の中には収入の道を断たれて、人生を悲観し、家族を巻き込んで生命を絶った人や夜逃げをして今だに生死不明の人もいた。

津弥川軍次が社長に就任してから、業績は急回復して、かつて例を見ない程の利益を上げはじめた。彼はアパレル業界だけではなく、日本の経済界に於いて「経営の父」

と持ち上げられ、四四歳の若さで地元、関西財界の新時代のホープとして、しばしば経済紙に登場するようになった。

彼自身「私は会社を経営するために生まれてきた」と豪語するようになった。これはしかし、彼の自惚れであり錯覚である。会社の業績が上がったのは、彼の血の出るような努力ではなく、いかに多くの人間にたくさんの血を出させるか、という努力をしたからである。つまり、多くの人々に大きな犠牲を強要した結果である。

今日の日本経済界において、再建の名人とか神様といわれている人物の中にも、彼と同じ考えを持ち、同様の行動をした人物が少なからずいるはずである。

その日、津弥川社長は、お気に入りの常務と総務部長を伴い、北新地の高級クラブ「ブルーパピヨン」で美人揃いのホステス達に囲まれ談笑していた。今や関西財界では有名になり、経済新聞にはしばしば彼を褒め称える記事が載っていた。全てのことが絶好調で、自分を中心に世の中が動いているような気分だった。連れてきた二人やホステス達の褒め言葉も耳に心地よく響いた。

真紅のドレスや純白、緑やベージュ色のスーツを身にまとった、均整のとれたスタイルのホステス達が、熱帯魚のようにテーブルとテーブルの間を優雅に動いている。ミラーボールに反射した柔らかい光がクラブの中を七色に染めていた。都会的な色気があふれた、ゴージャスな雰囲気である。

ホステス達と今日の社会情勢について会話を弾ませているとき、一人のホステスが「サラ金の取り立てって厳しいんでしょうね」と津弥川社長に話を向けた。

「一般の銀行や信用金庫が金を貸さないような信用のない人間を相手にするんだから、金利が高いのは当然だし、取り立てる自信もあるんだよ。とかく金を貸す側を悪くいう風潮があるがね、高金利を承知で借りる奴のほうに問題があるんだよ。千浪ちゃん！　まさか、そんな所にご厄介になっていないだろうね。ハハハハ」

千浪と呼ばれたホステスは、不況で両親が経営していた食料品店が倒産したので、大学を中退し家計を助けるため、また弟を大学へ進学させるために半年前からこの世界に足を踏み入れていた。彼女は津弥川社長に対して業務用の美しい笑顔を向けていたが、心の中では〝この人は顔と頭はA級でも、人間としての値打ちはD級やわ〟とつぶやいていた。

そのとき、別のベテランのホステスが「千浪さん！　そんな陰気な話題はダメよ。

それより社長、四月に行ってらした南欧旅行のお話をぜひお聞きしたいわ」と話をそらした。他のホステス達もぜひにとせがんだので、津弥川は「よし」とうなずいた。

「フランスは本来、農業大国だが、同時にファッショナブルな国で、君達の大好きなヴィトン、シャネル、エルメスといったブランドが……」

彼が得意げに話しているところへ、この場には不似合いな古いくたびれた服を着た小柄な男が近づいてきた。

「お楽しみ中、すいませんね。津弥川社長様に鬼天法眼よりの招待状をお持ちいたしました」

小柄な男は津弥川に一通の封書を手渡した。

「君は誰かね。ちょっと、待ちたまえ！」

男は音もなく忍者のように店から消えていた。津弥川は何かイヤな気分になり、時間が過ぎるに従って、この男と手紙が気になってきた。彼はトイレに立って、誰の目もない所で封を切って手紙を見た。

「明日二一時、貴殿を天空の地獄へ御案内申し上げる。死神」と達筆な字で和紙に書かれていた。その横には大釜が描かれており、煮えたぎった湯が溢れ、大きな恐ろしげな二匹の鬼の手によって熱湯に浸けられている人間がいた。苦痛に歪んだ顔は津弥川本人であった。

彼はこれを見た瞬間、目の前が暗くなり頭の中が真っ白になった。

今、国内を恐怖のどん底に落としている食人鬼が私を食おうとしている。これからが充実した人生なのだ。金も名誉も掌中に得るために血の出るような努力を重ねてきたのだ。第一、私は「鬼」とかいう奴に怨みを持たれる覚えは全くない。この日本には殺人や傷害に手を染めた奴がごまんといるのに、なんで私なんだ、そんな理不尽なことがあるか、鬼に殺されてたまるか！

トイレから戻った津弥川の顔面は蒼白で、今まで明るく上機嫌だった彼が急に静かに沈んでしまったので、部下の二人やホステス達が口々に心配してくれた。

「社長、どうかなさいましたか。顔色が良くありませんよ」

この場の雰囲気を楽しむ気分は完全に消えて、早く一人になりたかった。

「少し身体の調子が悪くなったようだ。なぁに、大したことではないがね。皆には悪いが、大事を取って帰らせていただくよ。君達は私を気にせずにゆっくりしていってくれ」

二人の部下が店外まで見送りするのを断り、店を出てタクシーを拾うと、豊中市にある自宅に向かった。帰宅すると、脂汗を流して顔面蒼白になっている彼に妻が心配して声をかけた。

「お帰りなさい。どうなさったの。顔色が悪いわよ」

「心配することはないよ。少し疲れただけだ。君は先に休んでくれ。明日の会議に提案する資料に目を通すから一人にしておいてくれ」

彼は広い書斎にこもった。何か解決する方法はないものか、なんとか食人鬼から逃げる方法はないものかと思案しながら、この禍々しい文と絵にジッと視線を注いでいた。少し新しい風に当たりたい気分になり、書斎の窓を開けたとき、ふと、庭の槙の木の横にある庭石が目に止まった。そのとき、一瞬、閃いたものがあった。それはある昔話である。それは次のような逸話である。


江戸時代は寛政の頃、本所の旗本屋敷に性格の良くない使用人がいた。屋敷には主人と奥方が可愛がっていた「八重」という才色兼備で心優しい腰元がいた。あるとき、人の目を盗んで使用人の中間が八重にしつこく言い寄り、乱暴を働こうとした。八重は嫌悪の情と恐怖心を抱き、二度とこのようなことがないよう、奥方を通じて殿様からその男を厳しく叱ってもらった。

殿様は男を庭に連れ出し「その方、卑しい振る舞いを今後絶対にしないと八重に誓うなら、今回に限り不問にいたそう。どうじゃ」

この殿様は、時の老中松平定信の信任が厚く、若い頃より剣の腕前は相当なもので、胆力のある立派な武士である。温厚な人柄で平素は使用人を大切にし大声で叱ったことがなかった。中間はいつも賭場に出入りしたりするような悪達者だったので、完全に主人を馬鹿にしていた。

「八重があっしに気があるから、ちょっと手を握ってやっただけですぜ」

これを聞いた殿様は烈火のごとく怒った。

「そちは反省の色なし。不憫ながら手討ちにいたす」

この声を聞くが早いか、平素より中間に嫌悪感を持っていた二人の家来が左右から男の両腕をつかみ、主人の前に突き出した。

「俺を手討ちにするのか、しやがってみろ！　怨霊となってこの家の者に七代先まで取り憑いて祟ってやる」

殿様は、最後に反省して命乞いをするならば手討ちを取り止めようと思っていたが、この言葉を耳にして考えを変えた。

「貴様にそのような立派な根性があるならば、この庭石の一片でも食いちぎって見せい。見事、それができれば手討ちは中止じゃ」

すると中間はやにわに大きな庭石の一角に噛みついた。殿様はすかさず腰の備前兼光を男の首筋に走らせた。男の胴から離された顔は物凄い形相で庭石に食いついていた。

二人の家来とこの場にいるように命じられていた八重は、恐ろしさで気を失いかけてたが、殿様は八重を温かく包み込むようにして話し出した。

「お八重よ。さぞ怖かったであろう。許せ。この男は死して悪霊となり身共に祟ると申したが、それはできぬことじゃ。この男の執念は石を噛み砕くことであり、全ての力がそれに注がれているからだ。悪霊となり人に取り憑く力は既に残されていないのじゃ。お八重よ、心配するでない」

このような話を思い出した津弥川社長は、独り言をつぶやいた。

「私も気弱になったもんだ。会社のリストラなんてウチだけじゃない。体力がなくなると風邪を引きやすくなるのと同じで、弱気になるからこんなことで悩まんならんのやなぁ。要するに心の持ち方や。よし！　明日は商工会議所も会社も重大な会合もないし、一〇日ぶりに奈美のマンションへ行って、体力の充実していることを確認してこよう」

津弥川社長は不吉な手紙をデュポンのライターで焼き捨てた。灰皿から立ちのぼる小さな煙を見つめながら、自分を納得させていた。私は過去に犯罪に関係したことがない。あるとすれば交通違反ぐらいだ。こんな手紙は誰かのいたずらであろう。そう思うと急に恐怖心もなくなり、明日、デートする奈美の知的な容姿や、それでいて肉感的な裸体が目に浮かんできた。現金なもので恐怖心が去ると、自分自身の下半身に男としての機能が甦ってきた。

北新地の高級クラブ「ブルーパピヨン」のナンバーワンホステスだった奈美は、江坂にある高級マンションの一室を津弥川より与えられていた。彼女は短大卒業後、一時期大手化粧品会社のキャンペーンガールをしていたが、ある事情からクラブホステスになった。知性も教養もあり、抜群の容姿を兼備していたので、たちまち北でも一、二を争う高級クラブ「ブルーパピヨン」のナンバーワンとなった。

この店の馴染み客はテレビや雑誌でよく目にする芸能界、スポーツ界の有名人や、関西財界で名のある人物達ばかりで、店は別名「夜の商工会議所」と言われている。八田衣料の総務部長として接待で得意先を連れてきていた津弥川も、ここで奈美と知り合い親しくなった。

奈美の目から見た彼は、私学の雄K大学卒で鼻筋の通った知的な顔を持ち、頭脳はいたってシャープ。知的なジョークを飛ばすので、会話をしていても退屈しなかった。一流といわれる客達の中でも、彼はホステス達の人気を集めていた。身長は167センチ、難を言えばもう少し身長がほしいところであるが、奈美にとっては最も好きなタイプだった。

津弥川も奈美の容姿はもちろんのこと、知性豊かな言動に心を奪われた。しかし、彼女と交際を望む男達は多く、いずれも彼より社会的に名のある一流の男達であった。ある日、断られて元々と、勇気を出して彼女を食事に誘った。予想に反して彼女は喜々としてついてきた。彼にはうれしい誤算であった。

この日は食事だけで終わったが、奈美は今後とも長くお付き合いしたいこと、津弥川に妻子があろうが関係ないこと、彼女にとって津弥川は理想のタイプであり、客ではなく一人の男として見ていることなどを話した。そして彼が二日間自由になることができたら、私もそれに合わせて店を休むから、どこか景色の良い所へ二人で旅行したい、と彼女の方から誘った。彼に否応はなく、喜びが全身ではじけた。

それから一〇日後、二人は早春の伊豆へ旅立った。その夜、駿河湾に浮かぶ夕陽が美しい西伊豆の土肥に泊まり、男と女は深く結ばれた。今から四年前のことである。その後、彼は常務、社長へと上りつめた。

さて、その日の朝九時頃、津弥川から夕方四時頃に君のマンションへいくからと電話が入った。普段、彼女は朝一〇時から夕方六時まで、梅田にある知り合いのブティックを手伝っていたが、その日は一日休ませてもらうことにした。

料理が得意な奈美は、彼の好きなごちそうを作るために心もウキウキと買い物に出かけた。神戸ビーフのサーロイン、生ハム、静岡メロン等を買い入れた。彼が好んで飲むのはレミーのセントナポレオンだが、購入するのはやめた。

「ボトルに三分の一くらい残ってたわ。あまり飲んだら一〇日ぶりで私を賞味する力がなくなるもの。レミーはやめとこ」

奈美は独り言を言いながら帰宅し、心を込め、時間をかけて料理を作った。一五時三〇分には食卓に並べ終えた。津弥川も奈美に会いたい一心で予定より三〇分も早く到着した。

男と女は話をはじめるより先に唇を合わせ、そのままダブルベッドに移った。男は女の悩ましいラメの入ったワインレッドの下着を脱がし、形の良いバストを揉んで乳首を口に含んだとき、男の機能は一二〇パーセントのボルテージになっていた。

女は切なく喘ぎだし、下半身の緑のデルタの中の蜜壺は十分に潤い出した。津弥川と奈美はその行為に没頭した。そして、その行為が終わると、お互いに満足し合ったことを確認。シャワーで汗を流し合ってから、すっきり満ち足りた気分で二人で乾杯した。

「奈美、来月の話だけど、鹿児島県にいくことになった。青年会議所の設立三〇周年の記念講演で講師を依頼され『経営者の心得』という演題でしゃべらされるんだよ。そのJCの幹部がウチと取引のある人でね、断れないんだ。

どうだ奈美、内緒で来ないか。君が来てくれたら私はうれしいがね。青年会議所側へは『私は別に廻るところがあるので宿泊の用意は一切不要』と言っておくつもりだ。君は私の講演の時間、磯庭園や桜島でも見物して、夜どこか人目のないホテルで合流しようよ」

「奈美ね、鹿児島って一度もいったことがないのよ。霧島高原に咲くツツジって美しいんでしょ。ぜひ、連れていって。もっともあなたと一緒ならどこでもいいのよ。とにかく、一緒に旅行できるなんて夢のようだわ」

最高の気分で夕食をすませると、津弥川は奈美に甘い声で囁いた。

「奈美！　一〇日前に十分過ぎるぐらいしたのに、また一戦したくなったよ。お前が良すぎるのかな」

「何言ってらっしゃるのよ。健康な男なら当たり前よ、だいたい一〇日も長すぎるのよ。私もがまんの限界よ。あなたってすばらしいわ」

津弥川と奈美はもつれながらベッドに入った。二人は素っ裸になり野獣のように絡み合った。奈美は悩ましい切ない声を出し、津弥川は玉の汗を流してピストン運動に力を入れて、いよいよクライマックスというとき、居間の掛け時計の針が九時を指した。鳥の声が時報として鳴き出すと、やや暗いベッドルームの照明がいっそう暗くなり、どこかで隠々たる声が話しはじめた。

「津弥川社長様、約束の二一時だよ、天空の地獄へご案内いたします」

死神であった。津弥川の脳裏にあの禍々しい手紙が甦り、全身から力が抜け、今の今まで勇ましく立派に屹立していた天狗の鼻のような一物が哀れにしおれた。奈美はまだこの事態がわからずにいる。

「ねえ、あなた、急にどうなさったの」

「おい女、お前まで食うつもりはない。津弥川は、帰りのない死出の旅路に出るのさ」

言うが早いか、天井より黒い大きな物体が音もなく落下してきた。びっくりした奈美はあわてて二つの乳房を手で隠して「誰よ！　あんた」と叫んだ。落下した物体はたちまち大きな鬼となった。

「女、お前の自慢のオッパイ食べよか。生胆食おか」

大きな真っ黒い手を彼女の目の前に突き出したので、たちまち奈美の意識は失われた。死神は彼女には一切手を触れず、下着だけは何とかつけた津弥川を横抱きにして、ガラス障子やアルミサッシの戸をぶち破り、ベランダから夜の闇の中へ妖雲と共に飛び去っていった。

天空の地獄へ連れ込まれた津弥川は、岡田部や太田黒と同じ運命を辿った。今までと同じように岩鏡の前に引き据えられていた。

岩鏡には四〇歳くらいの男とその妻、そして二人の小学生くらいの男の子と女の子が映っている。彼らの前には食卓があり、ステーキや寿司、メロン等のデザートが所狭しと並べられていた。家族水入らずの豪華な夕食の場面である。

しかし、不思議なことには、こんな盛りだくさんの立派な料理なのに、ほとんど手がつけられないまま家族全員が沈んでいた。実に異様な雰囲気である。

この二日前、夫は友人の経営するメッキ工場を訪問していた。この工場には再三来ているので、内部の勝手は十分知り尽くしていた。友人や工場の従業員の一瞬の隙をつき、コーヒーのスプーン二杯分のシアン化合物を手に入れた。

彼の盗み出した薬品は青酸カリである。戦後から平成の今日まで他殺や自殺に使用された毒薬の多くはこれである。〇・一五グラムで成人一人の致死量となる。

さて、ご馳走にあまり箸をつけない子供二人を見ていた父親は、無理に明るい声で話し出した。

「明日から家族みんなで遠いところで暮らすのやで。正吾は美しい芝の中で野球ができるし、由美は、真っ白な美しい大きなピアノで好きな音楽が十分にできるで。お前ら、何で沈んでるねん、ぎょうさん食べな、お腹が減って旅行できへんで。何、勘違いしてるんや。死ぬのとちゃうねん。北海道にいき、そこで暮らすのや」

子供達は、ここ二ヶ月前から家庭の異変を子供なりに感じており、心を痛めていた。しかし父親の言葉を耳にして二人の子供達は急に明るい笑顔になり、にぎやかにしゃべり出した。そこは子供のこと、両親の「考え」を深く読むことは無理である。

年上の男の子が話し出した。

「普段、食べたことのないようなご馳走がいっぱいあるさかい、気持ち悪うなって、皆で死ににいくのかと思いよったで。北海道へいくのか、僕、飛行機に乗るの初めてや」

子供達二人は喜々として食べはじめた。子供達が満腹になるのを確認すると、父親は静かに立ち上がり、火の点検をしてから、ジュースの入ったコップ二つとビールの入ったコップ二つを持ってきた。この四つのコップには、それぞれ致死量をはるかに超える分量の青酸カリが混入されている。食卓の上に四つのコップを並べて、父親は大きく深呼吸を一つした。

「では、明日の北海道行きのために皆で乾杯しようか。お父ちゃんが乾杯と言うたら正吾と由美はジュースを飲むのや。お父ちゃんとお母ちゃんはビールや」

父親は必死で涙声になるのをこらえて、大阪始発天国行きノンストップ特急の発車の合図「乾杯」と発声した。

子供達は「お父ちゃん、お母ちゃん」という言葉を最後に息を引き取った。その後、両親は口々に「正吾！　由美！　ごめんね」と涙で顔をクシャクシャにして我が子の名を呼んだ。母親は泣きながら声を振り絞った。

「お父さん、私の体が弱いばっかりにご迷惑をおかけしてすみませんでした。ごめんなさい。どうか、あの世でも懲りずに私を妻にしてね。生まれ変わって健康な身体になりますからね」

「何言うてんねん。ワシが甲斐性ないばっかりに苦労させてすまんなぁ。ワシこそ、あの世でもう一度、あんたと結婚式挙げたいなぁ」

両親はすでに息絶えた子供二人の手をしっかり握り、共に死の酒を口にした。

岩鏡のスクリーンからこの画像が消えると、次に一人の人物が映し出された。青酸化合物で一家心中した父親である。津弥川を睨みつけている。

「会社の経営者は自分達の都合で真面目に働く多くの人々を首切りしている。あんたもわしらのように厳しい生活を強いられているのなら許せるが、豪華な家に住み、一千万円以上する高級外車を持ち、その上、美しい女を囲って生活費や高級マンションの家賃等、多くの金を会社に負担させている。

津弥川さんよ。あんたは『経営の父』と呼ばれている自分を過信しているが、所詮は多くの社員や下請企業の犠牲の上で業績を向上させているに過ぎない。つまり、多くの人々の血を飲み、肉を食って肥え太っているのと同じだよ。

私はあんたの下請企業の社員であったが、お前が生産部門の多くを外国に移転を強行したために、会社は倒産し、私は失業した。しかし、この会社の社長は温情ある人で、お前とは正反対で私有財産の大部分を供出して、たとえ僅かずつでも我々に退職金を支払った。そして社員一同を集め、その前で土下座して涙ながらに自分の不徳を詫びられた。

我々は社長の誠意に感動して胸に熱い物が込みあげてきた。私の妻は病弱で働きに出ることが叶わず、私一人の収入で家族が質素に生活していた。失業後、必死で職を求めたが、学歴も特技もない中年の男には、生活を維持するだけの収入を得る所がどこにもなかった。生きる望みをなくして、今この鏡に映し出されているとおりの結果となった。

津弥川さんよ。八田衣料に対して怨念はないが、お前だけは絶対に許せん。念眼様！　どうかこ奴を時間をかけて十分に苦しめてください」

岩鏡から画像が消えた。それと同時に二匹の青鬼が津弥川を亡者が池の畔へ連れ出した。

白鬼念眼が例の大声で叫んだ。

「リストラが原因で失業し、生活苦により自ら死して魂魄いまださまよい成仏できずにいる亡者ども、見物しに出ませい」

そこに控えている二匹の鬼が念眼に訊ねた。

「こ奴を大釜で茹であげますか」

「おお、時間をかけて、ゆるりとやれ。いや、待てよ、先程映し出された一家心中した家族はまことに悲惨よのう。鬼神のワシでも胸が痛むわな。獄卒ども、お釜に梯子を掛けい」

煮えたぎる大釜の水面の高さまで梯子が掛けられた。念眼は鋭い目を津弥川に当てた。

「津弥川よ、お前は旨い酒を飲み、旨いものを食い、美しい女を好きな時に抱き、結構な身分じゃのう。同じ人間に生まれて一生懸命、真面目に働いても、社会の底辺より這い上がれない奴、多くの人を犠牲にして、しかも自分は無傷で金と名誉を手にする奴、人間社会はなんと不公平なものよ。お前のような酷薄な人間が太く長く生きているのは、細く短く人生を終えた者にはなんともやりきれんわな。この不公平を是正する目的で我がお頭、鬼天法眼様が三年の月日をかけてこの地獄をお造りになったのじゃ。

津弥川軍次よ、大きな犠牲を強いられた奴らのために、また先程の哀れな家族の供養として、自らお釜に身を投じて立派に自決せよ。その後の血肉は我々地獄のスタッフがお前の供養として喜んで食ってやる」

津弥川は「私の人生はこれからなのに」と小さな声で恨み言を言った。この声を耳にした念眼は、ニヤッと笑った。

「目の前に横たわる充実した人生を捨て自決してこそ、お前に踏み潰された人間に対しての誠意となるのじゃ」

お釜はぐらぐらと煮えて熱湯が噴き出し、津弥川は恐ろしさで梯子のそばから一歩も動けずにいた。鬼達の手で無理矢理梯子を登らされた。

大釜は不気味な音を立て、噴きこぼれた熱湯が津弥川の頭に降り注いだ。彼が途中で登る手を止めると、二匹の鬼が口から火焔を吐き出し、梯子の下から彼の身体を焼き出した。たまらず彼は梯子の頂上まで登り、絶叫しながら大釜に身を投じた。

その悲鳴が針の山にこだました。その後、茹で上がった死体は釜より出され、地獄のスタッフの食料となり、骨のみとなった遺体は、死神の手によって豊中市の自宅の手入れの行き届いた庭にある、大きな青みがかった平たい大石の上に安置された。その横には例のように「亡者の仇討ち。天誅」と書かれ、大釜の熱湯に漬けられている津弥川の苦痛の姿が描かれていた。

警察関係者の必死の捜査にも関わらず、一連の猟奇殺人事件は迷宮入りの様相を帯びてきた。これらの事件は、人間の仕業とは思われず、冥界の鬼神と、この世に怨念を残した死者の成仏できずにいる霊魂とが合体して起こした事件として考えられるようになった。

六、予知能力者　山賀法順

中国山地の南側に位置する岡山県××郡杉川村は、三方を山々に囲まれた、五〇戸あまりの集落である。周囲の山々は南北アルプスのように高く峻厳な峰々があるわけではなく、せいぜい一〇〇〇メートル級の山々が連なり、わずかに南側が開けて、県道が東西に走っている。この道筋に沿って人家が並んでいる。最寄りの一番大きな町は津山市である。

集落の東端に竜泉院という真言宗の小さなお寺がある。住職は山賀法順という今年六二歳の男で、三年前まで県内の高校の国語の教師をしていたが、今は退職して年金で生計を立てている。普段は自分の所有している山林の手入れ、畑の耕作を仕事としていた。

彼には別にもう一つの顔があった。子供の頃より霊感が人よりも強く予知能力があった。その能力によって事故が未然に知らされて難を逃れた人々が何人もいた。県北部ではかなり知られた存在だった。

彼が高校二年の秋、津山市内の学校へ通学中のある朝、バスの車窓から山麓にある二軒の民家を見るとはなしに見ていた。二軒は並んで建っている農家で、前には田園が広がっており、折からの秋のやわらかい陽光を受けた稲穂が金色に輝き、さわやかな朝風に波のように揺れていた。実に平和で穏やかな牧歌的風景である。

しかし、常人には見えない別の物が山賀少年の視界に入った。大きな黒い雲が二軒の農家を包み込み、バラバラにしていく様子であった。彼は雨が降ったら、あの二軒の裏にある大きな山が崩れて家が埋まってしまうと思った。

彼は学校から帰宅すると、自転車を走らせて、二軒の家の家族達に自分の目に幻のように浮かんだことを話し、雨が降ったらすぐに立ち退くことを進言した。

次の日、昨日までの好天気が一変して、朝から雨が降り出し午後にはさらに強まった。この家の所有者達は、半信半疑ながらも予知能力のある少年として名の高い彼の忠告に従い、自分達が所有する別の所にある農作業用の小屋へ家財道具を移して、家族全員が夕刻には避難を完了していた。そしてますます雨が強まり、日付が変わる午前〇時頃、大きな音と共に山津波が発生し、土石流が二軒の家を押し流した。彼は二つの家族から命の恩人として感謝されたことはもちろん、岡山、広島の両県に多くの読者を有する芸備タイムスに大きく記事として報道された。その後も彼の予知能力により惨事を未然に防いだことが何度もあった。

そして昨年の夏、彼の住む竜泉院の前を通る県道を二キロ程西へ行くと、長さ三五〇メートルのトンネルがあり、老朽化したために補強工事が行われていた。

暑さも和らぎ涼しい風が吹き出したある日の夕方、畑仕事を終えて、木の切り株に腰を下ろして一服していた山賀は、のんびりと周囲の景色を見渡していた。汗ばんだ肌に涼風は気持ち良く、さて、帰宅しようと立ち上がったとき、夕日で赤く染まった西の空に何か黒い物が固まっており、さらに注意してみると、鴉が二、三〇羽、同じところをぐるぐる回りながら飛んでいた。

彼は、何かイヤな予感に襲われ、瞼を閉じて考え込んだ。すると工事中のトンネルの山が動くような幻が目に浮かんだ。二、三日の内にあのトンネル工事で大きな事故が発生するのではないか。そんな思いが次第に強くなり、やがて確信に変わった。

彼は早速、その工事を請け負っている津山市内にある中国建工へ愛車のマークⅡを走らせた。中国建工は受注高、技術力ともに岡山県内では五指に入る総合土木建設会社である。山賀の高校時代の友達が経営していた。事務所に入ると、友人の山村社長とトンネル工事の現場責任者である田代がいた。

「やぁ、山賀君、久し振りだなぁ。ゆっくりしていけよ」

友人の挨拶を手でやんわりと制して、山賀は急いでこの事務所に来たわけを話した。山賀の顔をジッと見つめて話を聞いた山村社長は、険しい表情になり考え込んだ。

それもそのはず、山賀の予知能力は岡山県内では有名で、高校生の時に山津波を予知して、二世帯九名の人命と財産を守ったことが山村の脳裏をよぎった。山村社長は決断した。

「山賀君、御忠告本当にありがとう。おい、田代課長！　今聞いたとおりだ。明日から五日間、あのトンネル工事は中止する。絶対に人夫は入れたらいけんぜ」

田代は津山市に近い田所町杉尾の出身で、山賀の予知能力については認識していた。

「社長！　私も工事中止は賛成です。万が一のことがあれば取り返しがつきませんからね。山賀先生、本当にありがとうございます」

そして四日後、不幸にも山賀の予知能力が証明された。ただ人的被害が皆無であったのが不幸中の幸いであった。

原因はわからないが、トンネルの中央部が崩れ落ち、大量の土石で埋まってしまった。中国建工から非常に感謝されると共に、テレビや新聞で報道され、このことがあって以来、山賀法順は全国に知られた予知能力者となった。

折しも日本国内は、冥界から食人鬼が甦り、人間が鬼に食われるというセンセーショナルなニュースで満ちていた。それにタイミングを合わせるかのように全国ネットの毎朝テレビが「怪異十三夜」と銘打った番組を四月より放映していた。

これは毎週金曜日の午後八時に放送される一時間番組で、有名人、一般人の区別なく、恐ろしい体験談や世にも不思議な物を見たり聞いたりした話を一三回にわたって放送するというもの。ゲストとして霊媒師や予知能力者といった陰陽道に関係深い人々が招かれ、体験者の話に対して自分の考えを述べるという趣向である。

このゲスト出演者の中には、ある県内で発生した騒霊現象を見事に浄霊して鎮魂した高名な霊視能力者や、伊豆半島の天城山中に出没して、夜間の寂しい山道を通行中の車の運転者の胆を冷やしめることたびたびの幽霊の正体を霊視して鎮撫した人もいる。その八回目のゲストに、山賀法順はテレビ局から懇請されていた。

この日の番組内容はいつもと趣向を変えて、〝今連続して発生している恐ろしい猟奇殺人事件は、果たして人間の犯罪か、妖異の世界の住人、鬼なる物の仕業か〟というテーマだった。

有名タレント四名と山賀、他に一名の霊視能力者の出演が予定され、男性司会者とアシスタントの女性一名を交えた討論会としていた。山賀は毎朝テレビからの出演依頼に対して当初は固く辞退した。

「私の以前の職業は学校の教師です。ただ霊感が子供の時より強く、それが時たま表れて普通の人には見えないものが瞼に浮かび、何かの惨事を予知できたのです。しかし、陰陽道を一度も勉強したことはなく、何かに取り憑いた霊を浄霊したり、除霊するのは不可能であり、とても討論会のゲストに成り得る器ではありません」

この番組のプロデューサーは、昨年岡山県北部で発生したトンネルの落盤事故を山賀が予知して、人的被害を未然に防いだことを調べていた。また全国的に名の知れた彼を何としても出演させようと、再三にわたり出演依頼してきたので、山賀はしぶしぶ引き受けた。

承諾の返事をしてからも、山賀は自分が冥界の妖怪と対決するような思いに駆られ、今更ながら出演依頼を拒否しなかったことを後悔していたが、とうとう番組収録の日がやってきた。

　番組がスタートすると有名タレント達の意見が二分した。そこで司会者は山賀に意見を求めた。

「これら一連の事件は鬼の仕業であるという意見と、この世に冥界のものがいるわけはない、絶対に人間の犯罪である、との意見に二分しました。ここで山賀先生のお考えをお聞かせください。さらに今後も犠牲者が出るのか、ここのところもお話しください」

　山賀は大きな、よく透る声で話し出した。

「私は鬼神の仕業だと思っております。栄枯盛衰は世の常だが、金や権力を手にして社会の日当たりの良い場所に座を占めた人々の中には、権謀術数を駆使する人も多くいるでしょう。

　その反対にそれらの人々の犠牲となって経済社会から脱落する人々、例えばリストラによる失業者、大型店に客を根こそぎ奪われて廃業した個人商店主、親企業に締めつけられる下請企業の経営者や従業員。これらの人々の中から厳しい経済環境に耐え切れず、前途を悲観して自ら命を絶った人達も多くいますね。

一生懸命働いても、規制緩和等の社会構造の変化についていけない経済的脱落者は、この世に怨念を抱き、霊魂は成仏できずにこの世に留まっています。これらの迷える霊を統合するために、最も恐ろしい鬼神となった死霊が冥界から現世に出現して一連の事件を起こしたのであろうと、私は考えております」

「山賀先生の鬼神の仕業であるというお話しは理解できましたが、その鬼神はどのような場所にいるとお考えですか」

「それは多分、地上ではなく、おそらく滋賀県と三重県境の山々の上空にあると考えております」

「山賀先生、その鬼神達のいる場所は人の目で確認できますか。また鬼神の正体とはいかなるものでしょうか」

「彼ら鬼神達は大空に浮かぶ雲の中に、地獄のような恐ろしいものを造り、狙った人間をここに連れ込み、殺して食っているのだと思います」

山賀法順はさらに話を続けた。

「地獄や天国というのは死後の世界で、かつてそれを目にして蘇生した人間は一人もおりません。それと同じように、天空にある地獄を生ある人間が目にすることは絶対に不可能です。航空機を使って空中から音波や電波、電磁波やレーザー光線等の科学技術を駆使して探査しても、その内容は解明できないと思います」

司会者は興奮気味に身を震わせて山賀に質問した。

「先生のお話では、鬼神達のいると思われる場所や、そこに造られた地獄という恐ろしいものを解明することは不可能ですね。では今後もこのような禍々しい事件が続くとお考えですか。山賀先生ともうお一人のゲスト、石井先生にコメントしていただきたいと思います」

司会者から石井先生と呼ばれた五〇年配の霊媒師は、石川県奥能登で浄土真宗のお寺の住職をしており、山賀と同様に少年期より霊感が強く、その予知能力は能登地方で知られていた。また石井は檀家から依頼されて、その家族で今は故人となった人の霊を呼び出し、対話をさせてやることでも有名であった。

石井は司会者にコメントを求められ、山賀に顔を向けた。山賀は石井に先に話すよう目で勧めた。

「私は、山賀先生と全く同じ考えです。天命を全うすることなく、不幸にして自分自身で生命を絶った人達は、どなたも私にこの世への怨みを口にします。我々の想像以上に怨念が強いのです。

強者が弱者を踏み潰して、弱者の持っている付加価値を吸収していく傾向は、経済優先の社会ではますます強まり、このような恐ろしい事件は経済発展に比例して増大するでしょう。当然、その犠牲となる人達も正比例していくでしょう」

「今の石井先生のお考えと私は全く同じです」

山賀は石井の発言を聞いて、さすが霊媒師を務めるだけあって、怨念を残してこの世を去った者達の気持ちをしっかり汲んでいると思った。

「このような恐ろしい事件を未然に防ぐ方法は皆無でしょうか」

司会者が山賀に尋ねた。

「強い奴が弱者の肉を食って生きることは動物の世界では当然のことです。しかし、ライオンや虎といった最強の肉食獣でも、狩りをする時は空腹かそれに近い状態に限られていて、満腹の時には絶対狩りをしません。つまり、自分の生活に必要量だけ手に入れて、無駄な殺生はしないのです。

ところが人間の物欲には限りがなく、一千万円あれば、次は二千万円手にしたくなります。人間として生を受けた以上は当たり前ですが、問題は、物欲のために多くの人々を犠牲にしてでも、ほしい物を手に入れてしまう人が多くいることです。そこに怨みが発生するのです。

政財界の指導的立場にいる人間は、どんなに努力を重ねても細い道しか通れない人や、少量の食料しか手にできない人々に対して「温情」を寄せていただいて、その細い道を閉ざしたり、少量の食料を取りあげることのないよう気を配ってください。

誰かを犠牲にして、今日の地位や名誉を手に入れたと感じた人は、よく反省して、これからは社会の底辺から脱出することが困難な人々に温かい目を向けることが、鬼神達の怒りを買わない最大の必要条件ではないかと、この山賀法順は考えております。

石井先生、いかがですか」

「私が話したいと思っていたことを全て山賀先生がお話しされましたので、私からは何もお話しすることはございません」

司会者が番組に参加した礼を山賀と石井、そして四名のタレントに丁重に述べて番組は終了した。

七、その後　地獄は……

この番組の一部始終を興味深く見ていた一人の男が四国にもいた。彼は四国山脈、剣山国定公園の南西に位置する物川村に住んでおり、陰陽道を極めた安倍晴明の流れを汲む一族の末裔である。今年七〇歳になる。

「さすが、山賀さんは立派な考えを持っておられる。ワシと同じ見方をしている。心が美しい社会的弱者がこの世に怨念を残して死者となった場合、怨念が大きければ大きいほど、本来はこの世に存在しない鬼達がこれらの怨霊を吸収して、怨念をはらす力がさらに強大となり、人間社会に入り込んだのであろう。ここに至っては、いかに真言宗や天台宗その他の宗教の高潔な僧侶が命をかけて調伏を試みても、まず無駄であろう。恐ろしいことじゃ」

彼はこのテレビ番組が終了した後も、好きな日本酒を飲みながら興奮気味に独り言をつぶやいていた。

毎朝テレビのこの番組を天空からジッと見つめている魔神がいた。鬼天法眼である。そばにいる念眼に話した。

「山賀は恐ろしい奴よの。全ての政治家が民を思い、官僚が民に奉仕し、財に恵まれた者が貧しき者に手を差し伸べる、こんな人間社会ができあがったなら、『怨念』を持つ奴がなくなり、ワシの立ち上げた天空の地獄は倒産じゃ。その時が到来したならば白鬼念眼よ、地中に何百年も潜らざるを得んの。

しかし人間社会とは不思議なところでの、例えば二〇歳の男子を例に取ると、健常者が何人かで一〇〇mを競走したとする。一番速く走る奴が一〇秒として、一番遅い奴でも四〇秒はかかるまい。その差は四倍までじゃ。

つまり体力というものはその程度だが、経済力の差となると、社会の底辺で生活苦に喘ぐ奴と財をなし恒久的に多額の所得のある奴の差は一〇〇倍、二〇〇倍にもなる。ここに怨念が発生するのである。

社会の制度や形態の改革を実行でき得る立場にある政治家が、社会的弱者を切り捨てるような政策を進めたならば、底辺から抜け出せない者がさらに増大して、社会情勢は不安定となる。

今の日本で、自分の身や立場を犠牲にしてこの国を守ろうとする政治家や官僚、財界人がどれだけいるか。ワシの見たところ、我が鬼界の住人に最高の食料を提供してくれる冷酷、酷薄な人物がたくさんいるわな。山賀が我々鬼神から逃れる方法を申していたが、人間の性格はよほどのことがない限り、骨になるまで変わりはせんわ。この天空の地獄は倒産どころか、ますます栄えるわな」

鬼天法眼は念眼に話し終わると、社会の毒虫四人を仕置きしている鬼達三匹を除いて、地獄のスタッフ全員を入り口の大きな門の前に集合させた。

「皆の者、毎朝テレビの『怪異十三夜』で山賀をはじめ、有能な予知能力者や霊媒師を集めたときにはワシも肝を冷やしたが、なあに心配することはない。我々鬼界に住む者の食料は無尽蔵じゃ。

明日よりさらに亡者のリクエストに応えて、奴らの怨みを存分に晴らしてやろうぞ。死神よ、仕置きされる人間をドンドンここへ送り込め。大釜、火車の手入れはもちろんのこと、毒虫を処刑する大包丁、鉈、大鋸の手入れも怠るなよ。者ども！　旨い肉をたっぷり食わしてやるぞ」

平成一一年の五月から一〇月までに、恐ろしい食人鬼による犠牲者はすでに一〇〇人を超えていた。あらゆる科学の力や文明の利器を使用しても、これを食い止めることはもちろん、事件の内容をつかむことすらできなかった。

その日は、清々しい秋空で、東京駅の新幹線博多方面の乗り場14番ホームは発車時刻が迫っていた。旧国鉄時代の伝統と貴賓《きひん》を乗せて、東京より西へ一二〇〇キロ弱の博多へ約五時間で走る「のぞみ」が入線していた。ビジネス客や観光客、その他の客とそれを見送る人々でホームはにぎやかである。

9号車グリーンシートに二人の男が座っていた。六〇年配の男は××省の外郭団体である中京高速公団の専務理事をしており、名は矢白清、五八歳。もう一人は彼の部下である。

矢白はT大法学部を卒業して××省に入省、いわゆるキャリア組で出世階段を上りつめ、事務次官を最後に△△協会の専務理事に天下りした。そこからもう一つの公団を経て現在の中京高速公団の専務理事となった。その間、多額の退職金を三回も得ていた。

彼の性格は、頭の切れる高級官僚にありがちな「情」の入り込む余地の一切ない冷たさと、人を見下す横柄さを兼備していた。多額の退職金や月々手にする所得はすべて国民の血税から出ているのであるが、彼にはその認識が全くない。

矢白は常々「私は、二流、三流の私学を出た奴とは頭の出来が異なるし、そいつらが大学時代、女や麻雀、パチンコで時を過ごしている間、一生懸命に学業に精を出して、国家公務員上級試験に合格したのである。だから人の三倍、四倍の所得があり、人より高い席に座り、旨い酒を飲んで、美しい女を妻にするのは当然なのだ」と考えていた。

彼の妻は東北地方で材木商を手広く営み、土地や山林を数多く所有する大地主の娘で、大学時代に美人コンテストに出て入賞したほどの美人である。

さて、矢白の乗車した「のぞみ」は14番ホームを後に一路、博多へ向かった。

矢白は中京高速公団を代表して××省へ陳情するため上京し、今その帰途にある。人から頭を下げてもらうことには馴れているが、人に頭を下げることは苦手だった。

しかし陳情先が古巣の××省で、かつての部下達が重要なポストを占めているので、先輩に対しての礼を尽くして対応してくれた。将来、彼らの内の誰かが矢白のいる公団に天下るポストを用意してもらうことも××省の幹部達は計算していたからでもある。

一般社会に於いては、退職してしまえば次の職場は、ほとんどが自分で見つけねばならない。それどころか、下手をすれば定年を待たずにリストラされ、失業してしまう場合だって多々ある。それに比べて高級官僚は実に恵まれている。役所が介入しているセクターの重要ポストが公務員に占有されてしまうのはよくあるケースである。日本の不公平、数ある中で高級官僚の天下りが最たるものといえよう。

その結構な御身分の矢白は、小田原を通過したあたりから眠ってしまった。窓側に座っている彼の部下も心地よい寝息を立てていた。豊橋を通過したところで彼は目を覚ました。

「あと二〇分程で名古屋に到着か」と思った時に、一人の小柄で陰気な顔立ちをした男が通路側に席を占めている矢白に近づいてきて、一通の封書を手渡した。宛名は矢白清殿と書かれていた。

「明朝九時、自己中心的で人徳に欠けておられる貴殿を人間社会の公平さを保つためにに天空の地獄へお連れいたします。　死神」

完

（文中に登場する人物、団体は全て架空のものであり、
実在する人名、団体名とは一切関係ありません。）

《参考資料》

『時刻表』（ＪＴＢ二〇〇三年五月号）
村松定孝『新・日本伝説一〇〇選』（秋田書店刊）
『全日本道路』（昭文社刊）
『ジャポニカ　日本歴史』（小学館刊）

著者プロフィール
重田 武彦（しげた たけひこ）
昭和15年、滋賀県に生まれる。
同38年、同志社大学商学部を卒業。
自営業を営む。

天空の地獄

2004年2月15日　初版第１刷発行

著　者　重田 武彦
発行者　瓜谷 綱延
発行所　株式会社文芸社
〒160-0022　東京都新宿区新宿１－10－１
電話　03-5369-3060（編集）
03-5369-2299（販売）

印刷所　株式会社平河工業社

ISBN4-8355-7026-X C0093